一億年ボタンを連打した俺は、
Ichiokunen Button wo Renda shita Oreha,Saikyo ni natteita
気付いたら最強になっていた
～落第剣士の学院無双～
5

「――アレンは私が手に入れた。君たちには渡さない」
イドラ＝ルクスマリア
五学院の一つ『白百合女学院』の一年生。『神童』と称される天才剣士。特別授業を受けに来たアレンと距離を縮めようとする。

「あぁ？
『神童』だかなんだか知らねぇが、
あんまり調子に乗ってんじゃねぇぞ」
シドー
五学院の一つ『氷王学院』の一年生。圧倒的な剣術の才の持ち主。アレンを奪い返しに白百合女学院まで乗り込んできた。

実はみなさんにちょっとしたご提案があるんですが……。
ズバリ『遠征任務』とかって、興味ないっすかね？
クラウン＝ジェスター
聖騎士教会オーレスト支部の新支部長。飄々とした雰囲気とおどけた態度を崩さず、掴みどころのない男。

「遠征任務、ですか？」
リア＝ヴェステリア
ヴェステリア王国の王女でアレンと同部屋の仲。アレンと共に『上級聖騎士の特別訓練生』に推薦される。
ローズ＝バレンシア
『桜華一刀流』の正統継承者。アレンと共に『上級聖騎士の特別訓練生』に推薦される。

レイン＝グラッド
黒の組織の最高幹部『神託の十三騎士』の一人。圧倒的な力を誇り、『晴れの国ダグリオ』を支配する。

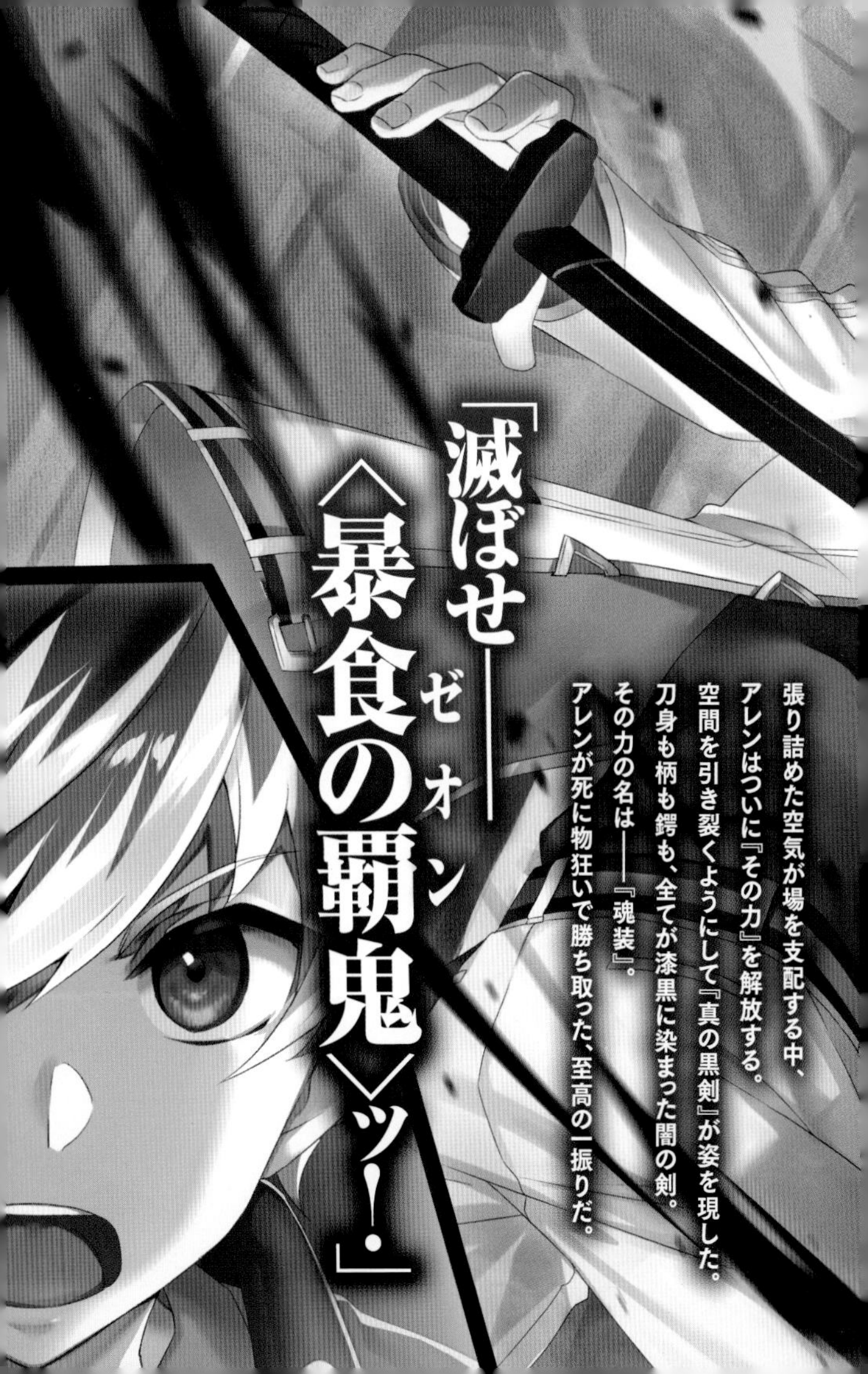
張り詰めた空気が場を支配する中、
アレンはついに『その力』を解放する。
空間を引き裂くようにして『真の黒剣』が姿を現した。
刀身も柄も鍔も、全てが漆黒に染まった闇の剣。
その力の名は――『魂装』。
アレンが死に物狂いで勝ち取った、至高の一振りだ。
「滅ぼせ――〈暴食の覇鬼《ゼオン》〉ッ！」

CONTENTS

一億年ボタンを連打した俺は、気付いたら最強になっていた5
～落第剣士の学院無双～

月島秀一

ファンタジア文庫

3017

口絵・本文イラスト　もきゅ

一億年ボタンを連打した俺は、
Ichiokunen Button wo Renda shita Oreha,Saikyo ni natteita
気付いたら最強になっていた
～落第剣士の学院無双～
5

一：異常と白百合女学院《しらゆりじょがくいん》

「これはいったい、何が起こったんだ……!?」

完全に崩壊《ほうかい》した千刃学院《せんじんがくいん》。あまりにも非現実的な光景を目にした俺《おれ》は、思わず言葉を失い、呆然《ぼうぜん》と立ち尽《つ》くしてしまう。すると、

「――アレン!?　アレンじゃないか！」

黒ずんだ校舎の中から、レイア先生が飛び出してきた。

彼女はいつもの黒いスーツに『安全第一』と書かれた黄色のヘルメットをかぶっている。

「レイア先生！」

「いやぁ、無事でよかった！　もしやと思って、ここで張っていたのは正解だったな！」

彼女は安堵《あんど》したように微笑《ほほえ》み、俺の背中をバシンと叩《たた》く。

「あの、これはいったいどういう状況《じょうきょう》なんですか？」

「ふむ、そうだな……。立ち話もなんだし、詳《くわ》しい話は中でするとしよう」

先生はそう言って、ボロボロになった本校舎へ視線を向けた。

「『中』って……。これ、大丈夫《だいじょうぶ》なんですか……？」

どう見ても、今にも崩《くず》れ落ちそうなんだが……。

「案ずるな。本校舎は基礎《きそ》がしっかりしている。見た目こそ酷《ひど》い有様《ありさま》だが、倒壊《とうかい》の危険はない。それに……ここでは、どこに耳があるかわからんからな」

「わ、わかりました」

多少の不安はあるけど、いざとなれば闇《やみ》の衣《ころも》を纏《まと》えば大丈夫だろう。

「よし、それでは行こうか」

「はい」

俺は先生の後に続いて、崩壊した千刃学院へ足を踏《ふ》み入れたのだった。

■

本校舎の中は瓦礫《がれき》が散乱しており、かなり歩きづらかった。

ただ、さっき先生の言っていた通り、基礎がしっかりとしているためか、思ったよりも内部は安定している。

理事長室への道すがら、ずっと気になっていたことを聞いてみることにした。

「あの、リアとローズは……？」

「あぁ、二人なら近くの病院に入院しているよ」

「入院って、大丈夫なんですか⁉」

「心配無用、大事を取っての検査入院というやつだ。今朝方見舞《みま》いに行ってきたが、二人ともピンピンしていたよ。今すぐ『アレンを捜《さが》しに行く！』と言って、大騒《おおさわ》ぎするほどにな」

「そうですか。それはよかった」

俺がホッと胸を撫《な》で下ろしたところで、理事長室に到着《とうちゃく》した。

「さっ、入ってくれ」

「はい、失礼します」

先生は最奥《さいおう》にある理事長専用の椅子《いす》に腰掛《こしか》け、机一つ挟《はさ》んで俺と向き合う。

「さてそれでは、昨日の一件について話そうと思うのだが……。その前にどこ、どこまで覚えている？」

「……！」

どうやら彼女は、俺の記憶《きおく》が一部欠けていることを知っているらしい。話が早くてとても助かる。

「はっきりと記憶に残っているのは、ドドリエルという剣士《けんし》に心臓を貫《つらぬ》かれたところまでです。その後のことについては、ほとんど何も覚えていません……。気付いたときには、森の中で眠《ねむ》っていました」

「ふむ、なるほど……。そちらの状況は、だいたいわかった。では、君が意識を失った後の話をしようか」

「お願いします」

それから先生は、衝撃《しょうげき》の事実を語った。

俺の中に眠る邪悪《じゃあく》な霊核《れいかく》が暴走し、ドドリエルとフーをいとも容易《たやす》く捻《ね》じ伏《ふ》せたこと。

それだけに留《とど》まらず、百人を超《こ》える組織の構成員をたった一人で薙《な》ぎ払《はら》ったこと。

その戦いの余波で、千刃学院は壊滅《かいめつ》的な被害《ひがい》を負ったこと。

どれもこれもあまりにスケールが大き過ぎて、すぐに呑《の》み込むことができなかった。

「……ほ、本当にそんなことが……？」

「あぁ、全て嘘偽《うそいつわ》りのない事実だ」

彼女はコクリと頷《うなず》き、理事長室に重たい沈黙《ちんもく》が降りる。

「……すみません……。何やら、いろいろと迷惑《めいわく》を掛《か》けてしまったみたいで……」

俺が頭を下げようとすると、先生は素早《すばや》く『待った』を掛けた。

「――っと、勘違《かんちが》いはしてくれるなよ？　今回、アレンは本当によくやってくれた。もし君がいなければ、もっと酷いケースなどいくらでも考えられたからな」

「もっと酷いケース、ですか……？」

「うちの生徒は皆殺《みなごろ》しにされ、リアは連れ去られた挙句、黒の組織は逃走《とうそう》……とかな」

彼女は苦い顔で呟《つぶや》き、話を続ける。

「もしもそうなっていれば、私の首が飛ぶどころではすまん。千刃学院は廃校《はいこう》となり、この国は大きな混乱に陥《おちい》っていただろう。今みんなが無事でいられるのは、偏《ひとえ》に君のおかげだよ。――本当にありがとう」

先生は立ち上がり、深く頭を下げた。

「や、やめてくださいよ……！　俺はこの件に関して、何も大したことはしていません。全部アイツが――俺の霊核がやったことなんです！」

「謙遜《けんそん》はよせ。副理事長から聞いているぞ？　『アレンくんが凄《すさ》まじく高度な結界を破壊《はかい》してくれた』とな。そもそも霊核の強さというのは、それすなわち剣士の強さだ。胸を張っていい。この学院を救ったのは、他の誰《だれ》でもない君の力だ」

「は、はぁ……」

学院を救ったと言われても……正直、あまりピンと来なかった。

そうして俺が困惑《こんわく》していると――先生はジッとこちらを見つめたまま、黙《だま》りこくる。

（あのとき見せた『超速《ちょうそく》再生』、奴《やつ》の白髪《はくはつ》が交じった頭……。マズいな、予想よりも格段に『道』の広がりが速い……。このままでは、そう遠くないうちに――）

彼女の表情は、どんどん険しくなっていく。

「先生……どうかしましたか？」

「……いや、ちょっと考え事をしていただけだ。気にしないでくれ」

「あぁ、なるほど……。本当にお疲《つか》れ様《さま》です」

多分、とても疲れているんだろう。

政府から緊急《きんきゅう》招集を受けた直後に、黒の組織が襲《おそ》って来たんだ。無理もない。

「いやいや。十八号をフルに活用しているから、そこまでの疲労《ひろう》はないさ。──さて、それじゃ最後に逮捕者《たいほしゃ》の話をサクッとしておこうか」

先生は一度咳払《せきばら》いをしてから、聖騎士《せいきし》からの報告書──その概要《がいよう》を読み上げ始めた。

「捕縛《ほばく》できたのは、黒の組織の構成員およそ三百五十名。残念ながらフー＝ルドラスとドドリエル＝バートンは、取り逃《のが》してしまったようだ。おそらくドドリエルの影を通じて、どこか別の地へ飛んだのだろう。……あれは本当に厄介《やっかい》な能力だよ」

彼女は忌々《いまいま》しげに呟く。

「あれ、先生はドドリエルのことを知っているんですか？」

「あぁ、もちろんだ。あの男は、近頃《ちかごろ》各地で暴れ回っている黒の組織の一番槍《いちばんやり》。恐《おそ》ろしくタフで、何度致命傷《ちめいしょう》を浴びせても立ち上がってくるそうだ。そして特筆すべきは、影《かげ》を支配する奇妙《きみょう》な魂装《こんそう》……。あれのおかげで、国境警備がまるで意味を成さん。今回襲撃《しゅうげき》してきた奴等《やつら》も、ドドリエルが影伝いに送り込んだのだろう」

「そうだったんですか……」

どうやらドドリエルは、俺の知らぬ間に相当なお尋《たず》ね者《もの》になっていたようだ。

「私からの話は、まぁこんなところだ。何か気になっていることはないか？」

先生はそう言って、会話のボールをこちらへ投げた。

（……聞かなくちゃ駄目《だめ》、だよな）

これはとても重たい質問だ。

（でも、人として逃《に》げるわけにはいかない）

意識がなかったとはいえ、俺がやったことには変わりない。

奪《うば》った命から、目を背《そむ》けるわけにはいかない。

「先生、その……。アイツが倒《たお》した組織の構成員は、何人亡《な》くなったのでしょうか……？」

意を決してそう問い掛けると、

「――ゼロだ。ただの一人として死んだ者はいない。全員ちゃんと生きているよ」

信じられない回答が返ってきた。

「ほ、本当ですか⁉」

「あぁ。組織の奴等は、全員瀕死《ひんし》の重傷だったが……。死亡した者は一人として確認《かくにん》されていないよ」

「でも、どうして……？」

はっきり言って、俺の霊核は滅茶苦茶《めちゃくちゃ》だ。

前回――大五聖祭《だいごせいさい》でこちらの世界に出てきたときは、シドーさんを躊躇《ちゅうちょ》なく殺そうとした。

誰かが止めなければ、アイツはきっと破壊と殺戮《さつりく》の限りを尽くすはずだ。

「おそらく、わざと、だろうな」

「……わざと？　どういう意味ですか？」

「君はアイツと違《ちが》って、『殺し』に強烈《きょうれつ》な忌避感《きひかん》があるだろう？」

「あ、当たり前じゃないですか！」

俺はアイツとは違う。あんな血と暴力に快楽を見出《みいだ》すような戦闘狂《せんとうきょう》じゃない。

「これは私の推測だが……。君の薄《うす》まった意識を刺激《しげき》しないようにしていたのだろうな。アイツは霊核である以上、他の誰よりもアレンの制限を強く受ける。殺人という刺激的なことをすれば、深い眠りについた君の意識が覚醒《かくせい》しかねない。もしそうなれば、奴は表の世界に長く居続けられなくなる。だから、わざと誰も殺さなかったんだろう」

「なるほど……」

そういえば前に一度、魂《たましい》の世界でアイツが似たようなことを言っていた。

確か俺《おれ》の意識がはっきりとしている間は、この体を容易に乗っ取ることはできないとかなんとか。

「まぁ一つ確かなことは、アイツは君の体を奪った間に『ナニカ』を達成したはずだ。そうでなくては、せっかく奪ったその体をすんなりと返すわけがない」

「いったい、何をしたんでしょうか？」

「残念ながら、それは私にもわからん。だが、碌《ろく》でもないことなのは間違《まちが》いないだろう」

「……そうでしょうね」

話が一段落したところで、先生はパンと手を打ち鳴らす。

「さて、『過去の話』はそろそろ終わりにしよう。ここからは『未来の話』だ。――見ての通り、千刃学院は剣術《けんじゅつ》学院としての機能を完全に失っている。こんな状態じゃ、授業などできるわけもない」

いくら倒壊の恐れはないと言っても、確かにこんな有様じゃ授業なんて絶対に無理だ。

「一応今日の午後から、本校舎の再建工事に入ってもらう予定だ。強化系・操作系の魂装使いを動員した大規模工事――おそらく二週間もあれば、元通りになるだろう」

「たった二週間ですか!?」

「ふっふっふっ、恐ろしく早いだろう？　その代償《だいしょう》として、とんでもない額の金が飛ぶがね……」

先生は青い顔をして、窓の外へ目を向ける。

「まぁそういうわけで明日以降、千刃学院は二週間ほど休校となるんだが……。さすがにその間、全校生徒を休ませるわけにはいかん。剣士たるもの日々修業《しゅぎょう》に励《はげ》まなくては、ならないからな」

彼女は何度も頷きながら、話を続ける。

「そこでだ。千刃学院の工事が終了《しゅうりょう》するまでの間――諸君らには、氷王学院《ひょうおうがくいん》で特別授業を受けてもらうことになった」

「氷王学院、シドーさんのところですね」

それはいい。同じ五学院の一つ氷王学院。シドーさんたちと毎日一緒《いっしょ》に修業ができるなんて、願ってもない話だ。

「うむ。これは両学院の生徒にとって、非常にいい刺激となるだろう！　だが、アレン。君だけは、少し違うんだ」

「俺だけ、違う……？」

何故《なぜ》だか、とても嫌《いや》な予感がした。

「君だけは特別に――白百合女学院へ行ってもらうことになった。覚えているだろう？　剣王祭《けんおうさい》で破ったあの『神童』イドラ＝ルクスマリアが在籍《ざいせき》する五学院の一つだ」

「いやいや、冗談《じょうだん》ですよね!?　そもそも白百合女学院は女子校ですよ!?」

「確かに、白百合女学院は女子校だが――その点についてはなんの問題もない」

男子生徒が女子校へ転入する。どう考えても問題しかないと思うんだが……。

「まだ一般《いっぱん》には知られていないが、白百合女学院は数年後に共学化を目指していてな。まぁ言ってみれば、君はその『モデルケース第一号』というわけだ」

「そ、そうだったんですか……」

そんな話、初めて聞いた。

「だけど、大事なモデルケースが俺で大丈夫《だいじょうぶ》でしょうか？　正直、もっと適切な人材がいると思うんですけど……」

「ふっ、何を言うか。この件に関して、アレン以上の適任者は存在しない。『理性の化物』である君ならば、私も安心して送り出せるというものだ」

「……理性の化物？」

よくわからない言葉に、思わず首を傾《かし》げた。

「超《ちょう》が付くほどの美少女リア＝ヴェステリアと一つ屋根の下で生活し、それも主従関係を結んでおきながら、なんの間違いも起こさない。誰がどう見ても理性の化物だろう？」

「ま、間違いって……っ。当たり前じゃないですか！」

俺は顔を赤くしながら、抗議《こうぎ》の声をあげる。

「はっはっは、まぁ今のは冗談としても、あそこの生徒はみんな『お嬢様《じょうさま》』だ。男に対する免疫《めんえき》がほとんどない。だからアレンのように気性《きしょう》の穏《おだ》やかな男は、モデルケースとして適任だと思うぞ？　それに――あのイドラが君の転入を強く希望しているようでな。向こうの理事長も『是非《ぜひ》に』とのことだった」

「イドラさんが……？」

「あぁ。どうやら彼女は、アレンにかなりご執心《しゅうしん》のようでな。君が剣王祭で戦った全試合の録画映像を掻《か》き集め、暇《ひま》があればそれを研究し、リベンジに燃えているそうだ」

「あ、あはは。それは怖《こわ》いですね……」

次に彼女と剣《けん》を交えるときは、さらなる激闘《げきとう》になりそうだ。

「っとまぁこういうわけで、アレンには白百合女学院へ行ってもらうことになった。ただ、どうしても気が進まないようなら、向こうの理事長へ断りの連絡《れんらく》を入れることも可能だ。その場合は、みんなと一緒に氷王学院へ行ってもらう。――さぁ、どうする？」

どうやら絶対に行かなくてはならない、というわけじゃないらしい。

「……難しい話ですね……」

一人で白百合女学院へ行くか。みんなと一緒に氷王学院へ行くか。

(シドーさんとの修業は、とても魅力《みりょく》的だけど……。イドラさんと一緒に修業できる機会なんて、今後一生あるかどうかもわからない)

ただ、白百合女学院は女子校だ。

共学の千刃学院や氷王学院とは、いろいろと勝手が違うことも多いだろう。

(……悩《なや》ましいな)

そうして俺が頭を悩ませていると、先生が口を開いた。

「まぁ、包み隠《かく》さず実益的な話をするならば——千刃《うち》学院としては、ぜひ行ってもらえると助かる。白百合女学院は、名高い強豪《きょうごう》校。そことのパイプができれば、今後も『交換《こうかん》留学』のような形で生徒のレベルアップが図《はか》れるからな」

彼女は正直に裏の話をしつつ、「それに——」と話を続ける。

「白百合女学院での生活は、中々に刺激的だと思うぞ？　あそこはうちと同じか、それ以上の競争社会だ。生徒同士が激しく競《きそ》い合い、互《たが》いに高め合っている。そして毎月実施《じっし》される『能力測定』、これは大いに盛り上がると評判だ。千刃学院や氷王学院とは劇的に異なる環境《かんきょう》・友人・授業——剣士《けんし》として、大きな成長へ繋《つな》がることだろう」

「なるほど……」

白百合女学院には、イドラさん以外にも優《すぐ》れた剣士がたくさんいた。

剣王祭でリリム先輩《せんぱい》とフェリス先輩を破った二人の女剣士。セバスさんには敗れたものの、凄《すさ》まじい圧を放っていた大将リリィ＝ゴンザレス。

彼女たちから学べることは、きっとたくさんあるはずだ。

「――わかりました。せっかくの機会ですので、白百合女学院へ行きたいと思います」

「おぉ、そうか！　では向こうの理事長へは、私から連絡しておこう。君は明日までにこのパンフレットに軽く目を通しておいてくれ」

先生はそう言って、白百合女学院の入学案内書を手渡《てわた》した。

「はい、わかりました」

こうして俺は約二週間という短い期間、『神童』イドラ＝ルクスマリアさんが在籍する白百合女学院へ通うことになったのだった。

■

翌日――俺はリア、ローズと一緒に白百合女学院の正門前に立っていた。

「これはまた立派な校舎だなぁ……」

目の前にそびえ立つのは、白百合女学院の本校舎。

それはまるで白亜《はくあ》の宮殿《きゅうでん》のように美しく、なんとも荘厳《そうごん》な風格を放っていた。

「噂《うわさ》には聞いていたけれど、本当に綺麗《きれい》な建物ねぇ……」

「うむ。こうして見ているだけで、なんだか身が引き締《し》まるな」

リアとローズは、それぞれ感嘆《かんたん》の息を漏《も》らす。

（それにしても、まさか二人が一緒に付いて来てくれるなんてな……）

昨日、レイア先生との話を終えた俺は、リアとローズが検査入院しているという病院へ足を運んだ。

俺の無事を確認した二人は、ホッと胸を撫《な》で下ろし、それから一拍《ぱく》ほど遅《おく》れて、この白《はく》髪《はつ》交じりの頭に気が付いた。突然《とつぜん》のカラーチェンジにかなり驚《おどろ》いていたけれど、リアとローズからの評価は思いのほかよかった。

その後、話が一段落したところで、俺が白百合女学院へ転入することになった件を伝えると……。二人は「あんな女子しかいないところへ、絶対に一人では行かせない！」と口を揃《そろ》え、すぐさまレイア先生のもとへ向かった。

そこでちょっとした交渉《こうしょう》を行った末、リアとローズは転入の許可をもぎ取り――現在に至るというわけだ。

俺たち三人が白百合女学院の本校舎を見上げていると、にわかに周囲が騒《さわ》がしくなってきた。

「どうしてこの学院に殿方《とのがた》が……？」

「しかもあれは、姉様を倒《たお》したアレン＝ロードルではなくって？」

「千刃学院の御一行《ごいっこう》が、いったい何をしにいらっしゃったのでしょうか……？」

千刃学院の制服に身を包んだ俺たちは、少し悪目立ちをしてしまっているようだ。

「リア、ローズ。早いところ、理事長のところへ挨拶《あいさつ》に行こう」

「ええ、そうね」

「承知した」

白百合女学院の門をくぐり、本校舎に入ってすぐ――見知った顔が現れた。

「――いらっしゃい。よく来たね、アレン。それから……リアとローズだったね。歓迎《かんげい》する」

イドラ＝ルクスマリア。

ハーフアップにされた、長く美しい真っ白な髪《かみ》。身長は百六十センチ半ばほど、十五歳の女性にしては高身長だと言えるだろう。透《す》き通るような琥珀《こはく》の瞳《ひとみ》、雪のように白い肌《はだ》、すらっとした長い手足――どこに出しても恥《は》ずかしくない、絶世の美少女だ。

白百合女学院の白と緑を基調としたワンピース型の制服に身を包んだ彼女は、柔《やわ》らかい微笑《ほほえ》みを浮《う》かべながら、俺《おれ》たちを温かく出迎《でむか》えてくれた。

「おはようございます、イドラさん」

「初めまして、リア＝ヴェステリアです。短い間ですが、よろしくお願いします」

「ローズ＝バレンシアだ。よろしく頼《たの》む」

俺たち三人がそう挨拶すると、

「……あっ。イドラ＝ルクスマリア、よろしく」

彼女はワンテンポ遅れて、ゆっくりと自己紹介《しょうかい》した。

相変わらず、人とは少し違《ちが》う時間を生きているみたいだ。

「――来て。いろいろ案内する」

イドラさんはそう言って、廊下《ろうか》を歩き始めた。

「あっ、すみません。お気持ちは嬉《うれ》しいんですが、まずはここの理事長に挨拶することになっていまして……」

「大丈夫。これは理事長から頼まれた仕事。それにアレが学院に来るのは、いつもお昼を回ってから」

「あっ、そうだったんですね」

「うん。アレは基本『お飾《かざ》り』だよ」

しい。

どうやら『千刃学院のアレ』と同様、『白百合女学院のアレ』もあまり仕事をしないら
「な、なるほど……」

「だから、私に任せて」

「はい、お願いします」

それから俺たちは、イドラさんの案内を受けて白百合女学院を見て回った。

広大な敷地《しきち》・充実《じゅうじつ》したトレーニング用品・恐《おそ》ろしい数の霊晶剣《れいしょうけん》に素振《すぶ》り用の剣。

（設備の充実具合は、千刃学院と同等――いや、それ以上だな）

さすがは五学院の一つ、白百合女学院と言ったところだ。

少し心配だったトイレと着替《きが》えは、男性教員用のものが使えるようでホッと一安心。

今のところ、学院生活で不便なことはなさそうだ。

「本校舎の設備はだいたいこんな感じ。……わかった？」

一階から三階まで、丁寧《ていねい》に案内してくれたイドラさんは、可愛《かわい》らしく小首を傾げた。

「はい。おかげさまでだいたいのところは把握《はあく》しました」

「よかった。それじゃ次は、体育館と芸術棟《とう》」

それから俺たちは、イドラさんの後に続いて本校舎を後にした。

本校舎の正面玄関《げんかん》を出て体育館へ移動する際、正門のあたりで何やら騒ぎが起きていることに気付いた。

「ちっ……。邪魔《じゃま》すんじゃねぇよ、ぶち殺すぞ！」

「大人しく道を開けなさい！　天罰《てんばつ》が下りますよ！」

物騒《ぶっそう》な言葉を吐《は》き散らす男の声が二つ。

「ちょ、ちょっと君たち！　落ち着いて！」

「だからぁ……入校許可証のない人は、入れないんだって！」

それをなんとか宥《なだ》めようとする警備の声が二つ。

ここから正門までかなりの距離《きょり》があるが、それでも会話の内容が聞こえてくるほど、白熱したやり取りが繰《く》り広げられているみたいだ。

「ちっ、うざってぇな……。そこをどけって、言ってんだろうが！」

「ぐぁ……!?」

大きな怒鳴《どな》り声の直後、警備の人が大きく吹《ふ》き飛ばされた。

その瞬間《しゅんかん》、俺の脳裏《のうり》に嫌な可能性がよぎる。

「……まさか、また黒の組織か!?」

奴等《やつら》はつい先日、リアの誘拐《ゆうかい》に失敗したばかりだ。

しつこく、もう一度仕掛《しか》けて来てもおかしくない。

「行きましょう、アレン！」

「今度こそ、返り討《う》ちにしてくれる！」

きっと同じことを考えたのだろう。リアとローズは既《すで》に剣《けん》を抜《ぬ》き放っていた。

「あぁ！」

「私も行く！」

俺とイドラさんはコクリと頷《うなず》き、すぐさま正門へ走り出した。

するとそこで暴れていたのは――。

「てめぇら、氷王学院《うち》からアレンを強奪《ごうだつ》するったぁ、いい度胸じゃねぇか……あぁ⁉」

「アレン様を返しなさい！　神の強奪など、決して許されることではありません！　あなたたちは、いったい何様のおつもりですか⁉」

氷王学院の一年生シドー＝ユークリウスとカイン＝マテリアルだった。

「し、シドーさん⁉　カインさん⁉」

予想外の犯人に俺が目を丸くしていると、

「てめぇ……そんなところにいやがったのか、アレン！　こんなつまんねぇとこ抜け出して、さっさと氷王学院《うち》へ戻《もど》るぞ！」

「おぉ、神よ！　よくぞご無事でいられました……！　ささっ、我らが氷王学院へ帰りましょう！」

　こちらに気付いた二人は、中々にぶっ飛んだ内容を口にした。

　それと同時に「知り合いなら、なんとかしろよ……」という視線が、警備の人たちから向けられる。

「え、えーっと……っ」

　どう返答したものかと困っていると、イドラさんがスッと俺の前に立った。

「――アレンは私が手に入れた。君たちには渡《わた》さない」

「あぁ？　『神童』だかなんだか知らねぇが、あんまり調子に乗ってんじゃねぇぞ」

「て、ててて……『手に入れた』ですと!?　神はみなのものだ！　不敬が過ぎるぞ、イドラ＝ルクスマリア！」

　シドーさんは眉尻《まゆじり》を危険な角度に吊《つ》り上げ、カインさんは独自の理論を展開してイドラさんを責め立てる。

（このままじゃマズい……っ）

　そう判断した俺は、すぐに両者の間へ割って入った。

「い、一度落ち着きましょう！　まずは冷静になって、話し合いなんてどうでしょうか？」

二人はこちらを一瞥《いちべつ》し、再び向き合う。

「渡せ」

「やだ」

シドーさんとイドラさんの交渉は、わずか二秒で決裂《けつれつ》した。

あまりにも乏《とぼ》しいコミュニケーション能力。これではまとまる話もまとまらない。

（シドーさんはもう半分キレかかっているし、イドラさんはイドラさんでけっこうはっきりものを言うタイプだし……。あぁくそ、どうすればいいんだ……っ）

なんとかこの場を丸く収める方法を模索《もさく》していると、

「食い散らせ――〈孤高の氷狼《ヴァナルガンド》〉ッ！」

「満たせ――〈蒼穹の閃雷《ネバ・グローム》〉ッ！」

二人は全く同時に魂装を展開した。

極寒《ごっかん》の冷気と青い稲妻《いなずま》がほとばしり、シドーさんとイドラさんの視線が激しく火花を散らす。

（おいおい、さすがにこれは洒落《しゃれ》になってないぞ……ッ!?）

こんなところで二人がやり合えば、白百合女学院が崩壊《ほうかい》しかねない。

元々短気なシドーさんはともかくとして、あのイドラさんがここまで強硬《きょうこう》手段に出るなんて完全に想定外だった。

「ぶち殺す……っ」

「やれるものなら……！」

よほど相性《あいしょう》が悪いのか、両者はみるみるうちにヒートアップしていく。

もはや自然鎮火《ちんか》など、望むべくもない状況《じょうきょう》だ。

「あぁもう……いい加減に落ち着いてください！」

俺が強い口調で、二人を牽制《けんせい》したその瞬間——白百合女学院全域を漆黒《しっこく》の闇《やみ》が包み込む。

「なん、だ……このふざけた出力は⁉」

「アレン、君はいったいどこまで……⁉」

シドーさんとイドラさんは大きく目を見開き、こちらを注視した。

「あ、あれ……？」

俺は全身から吹き荒《あ》れるとんでもない闇を抑《おさ》えつつ、

「えーっと……。とりあえず——物騒なことはなしにして、話し合いませんか？」

先ほどと同じことを再びお願いしたのだった。

するとその直後、

「──今の邪悪《じゃあく》な闇は、いったいなんですか⁉」

正門の外から、小さな女の子が大慌《おおあわ》てで駆《か》け寄ってきた。

よくよく見れば、腰《こし》のあたりに脇差《わきざし》のような小さな剣を差している。

おそらく、中等部の剣士《けんし》だろう。

「えーっと……。君、校舎を間違《まちが》えてないかな？　ここは高等部だよ？」

俺がそう教えてあげると、

「こ、子ども扱《あつか》いしないでください！　私はケミー＝ファスタ、ここ白百合女学院の理事長先生ですよ！」

彼女はムッとした表情で、『白百合女学院理事長ケミー＝ファスタ』と記された教職員免許証《めんきょしょう》を見せつけた。

「え、ええ……⁉」

思わず大きく目を見開き、ケミーさんをジッと見つめた。

ケミー＝ファスタ。

背まで伸《の》びるパサついた黒い髪《かみ》。身長はおおよそ百四十センチあるかないか。

絶対にお酒は買えないような童顔・子どものように瑞々《みずみず》しい肌《はだ》・まるでサイズの合っていない白衣、どこからどう見ても子どもにしか見えないが……。

今回の件は、俺《おれ》が悪い。

ポーラさんから『大人の女性を子ども扱いするのは失礼に当たる行為《こうい》だ』と聞いている。

「……すみません、大変失礼いたしました」

「ふんっ。わかったのなら、いいんですよ」

彼女はそう言って、腕組《うでぐ》みをしてみせた。

その動きがいちいち子どもっぽくて、何故《なぜ》か生温かい目で見てしまう。

「――おぃチビスケ、てめぇがここの理事長か？」

「あ、あなたが超《ちょう》問題児のシドーくんですね……っ。うちに何の用があって、来てくださいましたのでしょうか……？」

シドーさんの眼光に気圧《けお》された彼女は、さりげなくイドラさんの陰《かげ》に隠《かく》れ、おかしな敬語を口にした。

どうやら、ガラの悪いタイプは苦手のようだ。

「単刀直入に言う。アレンを渡せ」

言葉を飾《かざ》らない彼は、シンプルに要求を突《つ》き付けた。

「え、えっとですね……。それは実際のところ、中々に難しいことでして……。千刃学院さんとの約束事でもありますし……」

ケミーさんはおどおどした様子で、なるべく丁寧に断りを入れる。

「それじゃ、俺をここへ転入させろ」

「そ、それもかなり難しくてですね……。うちはその、女子校でして……。シドーさんのような危な……ワイルドな人はちょっと……」

そうして二つの要求を断られた彼は、

「ちっ、やっぱりお嬢《じょう》の言う通りか……」

大きな舌打ちをした後、懐《ふところ》から綺麗《きれい》な便箋《びんせん》を取り出した。

「こいつを受け取れ。お嬢——うちの理事長から預かった手紙だ」

「……フェリスさんから、ですか……？」

ケミーさんは恐《おそ》る恐る和柄《わがら》の便箋を受け取り、中の手紙へ目を落とした。

「ふむふむ……。んなっ、何故それを……!?　……ほ、ほうほう……！」

彼女はコロコロと表情を変えながら、黙々《もくもく》と手紙を読みふける。

「……なるほど、わかりました。シドーくん、カインくん——二週間という期限付きで、あなたたちの転入を許可しましょう」

いったいどんな心境の変化があったのか、ケミーさんは二人の転入をすんなりと認めた。

「うしっ！」

「おぉ！　やりましたね、シドー！」

シドーさんとカインさんが歓喜《かんき》の雄叫《おたけ》びをあげる中、

「……ケミー理事長？」

イドラさんの冷たい視線がケミーさんに突き刺《さ》さった。

「な、なんですか、イドラさん？」

「さっきの手紙、何が書かれてあったんですか？」

「それは……す、素晴《すば》らしい内容でした！　思わず心を打たれて、二人の転入を許可して
しまうほどに！」

彼女は明後日《あさって》の方向を向いたまま、上擦《うわず》った声をあげる。

なんというか、とても怪《あや》しい。

「それ、本当ですか？」

イドラさんは一歩距離《きょり》を詰《つ》め、ケミーさんの目をジッと見つめた。

「なっ、理事長先生を疑うのですか⁉」

「はい」

「っ⁉」

あまりの即答《そくとう》っぷりに、彼女は言葉を失う。

「私の目をちゃんと見てください。『やましいことはない』と断言できますか？」

「えーっと……それはその……っ」

さっきまでの威勢《いせい》はどこへやら、ケミーさんは途端《とたん》に歯切れが悪くなった。

「やっぱり、何か隠していますね？」

「いや、その！　べ、別に隠しているとかそういうのではなくてですね……！」

そうしてケミーさんがしどろもどろになっていると――彼女のポケットから、問題の手紙がこぼれ落ちた。

イドラさんはそれを見逃《みのが》さず、素早《すばや》い動きで拾い上げる。

「あっ⁉　ちょ、ちょっとイドラさん⁉　先生にもプライバシーというものが……！」

ケミーさんの抵抗《ていこう》も虚《むな》しく、手紙の内容は淡々《たんたん》と読み上げられた。

ケミーへ
うちのシドーがアレンくんのとこ行きたい言うてるから、ええようにしたってな。
もちろん、無料《ただ》でとは言わんよ。
先月あんた、ギャンブルで大負けして『狐金融《きつねきんゆう》』から凄《すご》い額借りたやろ？
あれ、うちが肩代《かたが》わりしたるわ。

どや、悪い話やないやろ？

そういうわけやさかい、うちの可愛《かわい》いシドーを……それからついでにアホのカインも、よろしくしたってな。

ほな、また。

フェリス＝ドーラハイン

白日のもとに晒《さら》された裏取引。なんとも言えない重苦しい空気が降りる。

どうやらケミーさんは、少し……いや、かなり駄目《だめ》な大人のようだ。

「ご、ごごご……ごめんなさぁい……っ」

周囲の視線に耐《た》え切れず、彼女は情けない声をあげて頭を下げた。

「先生だって、本当はこんな裏取引をしたいわけじゃないんです……。だけど、狐金融からの借金は本当に凄くて……っ。とても真っ当な仕事では、返せるような金額じゃないんです。――あなたたちのような子どもには、わからないでしょうね！　お金を稼《かせ》ぐのは、とっても大変なことなんですよ⁉」

「それがわかっているなら、借金を抱《かか》えるほどの無茶なギャンブルはしないでください」

「あぅ……っ」

イドラさんの放った正論の刃《やいば》が、ケミーさんの胸を深く抉《えぐ》る。

「と、とにかくこれは、私にとってとても大きなチャンスなんです……っ。二人の転入を許可するだけで、あの莫大《ばくだい》な借金が消えてなくなるんですから……！」

人として大事なナニカを振《ふ》り切った彼女は、イドラさんの目を真《ま》っ直《す》ぐに見つめた。

「きっ、きっともうギャンブルには行きません！　お酒も多分、卒業します！　だから、どうか……どうかお願いします……。今回だけは見逃してくださぁい……っ」

ケミーさんはあちこちに予防線を張り巡《めぐ》らせた謝罪を述べた後——額を地面に擦《こす》り付け、誠心誠意の土下座《どげざ》を敢行《かんこう》する。

「べ、別にそこまでしなくとも……！」

俺はすぐにやめさせようとしたけれど、イドラさんは無言でそれを遮《さえぎ》った。

「ねぇ、理事長。それ、何回目の土下座ですか？」

「はぅっ」

どうやら彼女の土下座は、思いのほか安いものらしい。

「そういえば……今年の白百合芸術祭で、生徒の作った作品が数点紛失《ふんしつ》する事件がありました。それらは後に、闇市《やみいち》で売られていたそうです。……これ、理事長が流したんですよね？」

「は、ははは……っ。いやだなぁもぅ……。この理事長先生が、そんな酷《ひど》いことするわけないじゃないですかぁ……」

ケミーさんはゆっくりと顔を上げ、わざとらしい笑《え》みを浮《う》かべる。

「本当ですか？　本当にやってないと言い切れますか？」

「しょ、証拠《しょうこ》……そこまで人を疑うんでしたら、当然証拠はあるんですよねぇ⁉」

彼女は逆上し、イドラさんに摑《つか》み掛《か》かった。

なんというか……とても『犯人くさい』行動と台詞《せりふ》だ。

「ええ、もちろんですよ」

イドラさんはそう言って、制服の内ポケットから一枚の写真を取り出した。

そこにはなんと——ケミーさんが美しい絵画を売り渡《わた》す姿が、くっきりと写されているではないか。

「～～ッ⁉」

彼女は声にならない悲鳴をあげ、証拠写真をビリビリに破り捨てた。

「それは複製。マスターはちゃんと別の場所に保管してあります」

「う、ぐ……⁉」

崖《がけ》っぷちに立たされたケミーさんは、不敵な笑みを浮かべる。

「あ、甘いですね！　芸術祭に出品された作品の権利は、全て白百合女学院のものとなります！　白百合女学院のものは、すなわち理事長先生のもの！　自分のものをどう処分しようが、そんなの私の勝手です！」

「理事会や保護者会が、それで納得《なっとく》するでしょうか？」

「あ、うぅ……」

「それに以前『入学金の一部が盗《ぬす》まれた』と一人で大騒《おおさわ》ぎしていましたが……。まさか横領なんてしていませんよね？　それは普通《ふつう》に犯罪ですよ」

「……っ」

再三の追及《ついきゅう》を受けたケミーさんは、完全に固まってしまった。

叩《たた》けば埃《ほこり》しか出ない人だ。

「す、全て私の不徳の致《いた》すところ……返す言葉もございません……ッ」

再び額を地面に擦り付けるその姿に、理事長としての威厳《いげん》はない。

他の生徒たちも、ケミーさんの土下座を見飽《みあ》きているのだろう。

みんな何食わぬ顔をして、小さくなった理事長の横を通り過ぎて行く。

「はぁ……。それでも、先生はうちの理事長です。最終的にどうするかは、お任せします」

イドラさんがそう言った次の瞬間《しゅんかん》、

「いやった！　シドーさん、カインさん、ようこそ白百合女学院へ！　歓迎《かんげい》します！」

ケミーさんはすぐに立ち上がり、二人の転入を許可した。

（す、凄いな。まるで反省の色がないぞ……っ）

イドラさんをはじめ、白百合女学院の生徒が呆《あき》れるのも頷《うなず》ける。

「あっ、もうすぐチャイムが鳴ってしまいますよ。早く行きましょう！　転入生《あなたたち》の教室は一年A組――私が担任の先生なので、なんでも聞いてくださいね！」

借金返済の目途《めど》が立ったケミーさんは、上機嫌《じょうきげん》に本校舎へ向かうのだった。

■

俺《おれ》たちはホームルームの時間を少しだけちょうだいして、簡単な自己紹介《しょうかい》をした。

リアとローズは同性ということもあって、すんなりとクラスに馴染《なじ》めそうだ。

それに加えて、比較的《ひかく》落ち着いた雰囲気《ふんいき》のカインさんも温かく迎《むか》えられている。

（ただ……俺とシドーさんは、少し怖《こわ》がられてしまった）

俺はこの白黒入り交じった髪《かみ》が、シドーさんは顔の怖さと言葉遣《ことばづか》いの荒さと態度の悪さが原因だろう。

クラスのみんなと打ち解けるまで、ちょっと時間がかかりそうだ。

俺がそんなことを考えていると、ケミーさんがパンと手を打ち鳴らした。

「一限は魂装の授業です。タオルや水筒《すいとう》を持って、魂装場《こんそうじょう》へ移動してください」

それから俺たちは、ケミーさんの後に続いて地下の魂装場へ移動した。

魂装の授業については、千刃学院と大きく変わらないらしい。

霊晶剣を持って霊核《れいかく》と向き合う――きっとどこの学校も同じ手法を取っているのだろう。

「それじゃ準備のできた人から、どんどん始めちゃってください」

ケミーさんの指示の後、Ａ組のみんなは静かに目を閉じ、魂《たましい》の世界へ入り込んでいく。

俺もそれに倣《なら》って、霊晶剣を胸の前に構えた。

（そういえば、アイツと直接会うのは久しぶりだな……）

そんなことを考えながら、意識を胸の内へ内へ――魂の奥底《おくそこ》へと沈《しず》めていく。

気が付けば、目の前に荒涼《こうりょう》とした世界が広がっていた。

正面にある表面がバキバキの岩を見上げるとそこには、いつものようにアイツが座っている。

「はっ、懲《こ》りねぇなぁ……。格の違《ちが》いってのがわかんねぇのか……？　えぇ？」

「あぁ、そうかもしれないな」

いつもの憎《にく》まれ口を軽く受け流した俺は、

「――ありがとな、助かったよ」

素直《すなお》に感謝の言葉を述べた。

「……あぁ？」

奴《やつ》は困惑《こんわく》気味に眉《まゆ》をひそめる。

きっと何故《なぜ》お礼を言われたのか、わかっていないのだろう。

「この前のことだよ。あのときお前が暴れてくれなかったら、間違《まちが》いなくリアは黒の組織に誘拐《ゆうかい》されていた。それにローズや会長たちも殺されていたかもしれない。――だから、ありがとな」

こいつは血と暴力に快楽を覚える、とんでもない奴だ。

だけど、それはそれ、これはこれ。

助けてもらったことについては、ちゃんとお礼を言うべきだろう。

「はっ、気持ち悪《わり》ぃこと言ってねぇでよぉ……。てめぇは大人しく、無駄《むだ》な素振《すぶ》りでもしていやがれぇ！」

見るからに機嫌を損《そこ》ねた奴は、一足で間合いを詰《つ》めてきた。

「らぁっ！」

音速を超《こ》えた強烈《きょうれつ》な右ストレート。俺はそれを――半身になって躱す。

「なっ!?」

まさか避《よ》けられるとは、夢にも思っていなかったのだろう。

奴は驚愕《きょうがく》のあまり、大きく目を見開いた。

「俺だって、少しは強くなっているさ」

鞘《さや》に納まった刀身に闇《やみ》を纏《まと》わせ、『疑似《ぎじ》的な黒剣《こっけん》』を生み出した俺は、

「七《なな》の太刀《たち》――瞬閃《しゅんせん》ッ！」

最速の居合斬《ぎ》りをもって、奴の胸部を斬り裂《さ》いた。

「クソガキ、がぁ……！」

奴は凄《すさ》まじい怒声《どせい》をあげながら、大きく後ろへ跳《と》び下がる。

その胸に刻まれた傷は……浅い。その皮膚《ひふ》は、まるで鋼《はがね》のように硬《かた》かった。

（だけど、斬れた）

無敵と思われたアイツに、わずかでも『傷』を付けることができた。

（よし、よしよし……よしっ！）

剣士《けんし》としての『成長』を実感した俺は、とてつもない多幸感《たこうかん》に包まれる。

「……ぶち殺す」

額に青筋を浮かばせた奴は、俺と同じように『闇の衣《ころも》』を纏《まと》った。

「は、はは……。凄《すご》いな……っ」

それはまさに質・量ともに別次元。

まるで生き物のように蠢《うごめ》く闇は、人間の持つ根源的な恐怖《きょうふ》を刺激《しげき》してくる。

ここまでの差を見せつけられたら、もはや笑うしかない。

すると——奴は続けて、正真正銘《しょうしんしょうめい》本物の『黒剣』を生み出した。

「……ッ」

レイア先生から聞かされていたが、実物を見るのはこれが初めてだ。

（……欲《ほ》しい）

やっとの思いで習得した疑似的な黒剣が、ただの棒切れに思えてしまうほどの圧倒《あっとう》的な存在感。

（あの剣《けん》が、あの力が——欲しい……！）

羨望《せんぼう》の眼差《まなざ》しを向けたそのとき、

「おい、構えなくていいのかぁ……？」

黒剣を天高く振《ふ》り上げた奴が、目と鼻の先に立っていた。

「なっ⁉」

反射的に剣を水平に構え、防御《ぼうぎょ》姿勢を取ったが……。

「そぉらッ！」

『真の黒剣』はまるで豆腐《とうふ》を斬るが如《ごと》く、『疑似的な黒剣』を斬り捨てた。

「が、は……っ」

俺の胸元《むなもと》に大きな太刀傷が走り、折れた刀身がカランカランと足元に転がる。

「はぁ、ちっと力を出しゃこんなもんか。相変わらず、どうしようもねぇほど弱っちぃなあ……。ちゃんとメシ食ってんのか、あぁ？」

嘲笑《ちょうしょう》混じりの挑発《ちょうはつ》を耳にしながら、俺はゆっくりその場へ倒《たお》れ伏《ふ》した。

乾《かわ》いた大地に俺の血がじんわりと広がっていく。

壮絶《そうぜつ》な痛みと苦しさが全身を包み込む中、

「ふ、ふふ……っ」

俺の心には、喜びの感情が沸々《ふつふつ》と湧《わ》き上がっていた。

「てめぇ、斬られたのに何をヘラヘラと笑ってんだぁ……？　とうとう、頭がおかしくなっちまったのか？」

「いや、さ……っ。お前が黒剣を出すほど、俺も強くなったんだ、って思うと……嬉《うれ》しくて、な……」

魂装の修業《しゅぎょう》を始めてから、およそ四か月が経過した。

そう――まだ、たったの四か月だ。

この刹那《せつな》にも思えるような短い期間で、俺は霊核との対面を果たすだけでなく、その薄《うす》皮《かわ》を斬ることに成功した。十数億年もの間、ただひたすら亀《かめ》の歩みを続けて来た俺からすれば……これは驚《おどろ》くべき成長速度だ。

一日また一日経るごとに、確実にこいつとの距離《きょり》が縮まっていく。

その確かな成長の実感が、嬉しくて嬉しくてたまらなかった。

「ちっ……勘違《かんちが》いすんじゃねぇぞ。てめぇが自慢気《じまんげ》に『贋作《がんさく》』を振り回すから、ちょっと『本物』を見せてやっただけだッ！」

奴はとどめの一撃《いちげき》を振り下ろし、俺の腹部を黒剣が貫《つらぬ》いた。

「か、は……っ」

残念だが、どうやら今回はここまでのようだ。

「ふ、ふふ……っ。また、来るぞ……」

俺が意識を手放す直前、珍《めずら》しいことに向こうから話を振ってきた。

「一つ、忠告しておいてやる。俺ぁ当分、『表』に出られねぇ。前回、長く居過ぎたせいで、かなりの霊力《れいりょく》を使っちまったからな。その体は、俺にとっても大事なもんだ。精々丁重《ていちょう》に扱《あつか》え」

その後、俺の意識は深い暗闇《くらやみ》の中に沈み――気付けば元の世界へ引き戻《もど》されていた。

■

一限二限と続いた魂装の授業を終え、お昼休みになった。

俺はリア・ローズ・イドラさん・シドーさん・カインさん――合計六人の大所帯で食堂へ向かう。

食堂に着いてすぐ、リアはキラキラと目を輝《かがや》かせた。

「――うそ⁉　これが全部無料《ただ》なの⁉」

「うん。白百合女学院《うち》の生徒と職員は、この食堂を無料で利用できる」

イドラさんはそう言って、コクリと頷《うなず》いた。

「いやった！　それじゃこの『デラックスお任せ弁当』三人前、お願いします！」

午前の授業でお腹《なか》を空《す》かせたリアは、素晴《すば》らしいスタートダッシュを切った。

彼女のような細身の女の子が凄まじい注文をしたので、窓口の男性はポカンと口を開けている。

「さ、三人前ですか？　こちら、一人前でも相当な量になっているのですが……」

「はい、大丈夫《だいじょうぶ》です！」

「か、かしこまりました……っ」

そうしてリアが注文を済ませたところで……ちょっとした問題が発生した。

「デラックスお任せ弁当、三人前だぁ……？　それじゃ、俺は同じものを四人前頼《たの》む」

何故か対抗心《たいこうしん》を燃やしたシドーさんは、リアよりも多い注文を飛ばす。

「むっ！　すみません、やっぱり私の五人前でお願いします！」

「悪《わり》ぃ、六人前だったわ」

「あー、ごめんなさい。実は、七人前でした」

負けず嫌《ぎら》いの二人は、どんどんヒートアップしていく。

「ちっ……八人前だ！」

「むぐぐ、九人前で！」

「「……十人前！」」

二人が同時にそう言ったところで、

「喧嘩《けんか》売ってんのかてめぇ⁉」

「あんたが先に吹《ふ》っかけて来たんでしょ！」

ついに言い争いが始まってしまった。

（おいおい、勘弁《かんべん》してくれよ……）

こんなところで喧嘩をすれば、後ろに並んでいる人に迷惑《めいわく》が掛《か》かってしまう。

俺《おれ》は仕方なく、リアとシドーさんの仲裁《ちゅうさい》に入ることにした。

「まぁまぁ二人とも落ち着いて……。十人前のお弁当なんて、無茶苦茶ですよ？」

「え……？　普通《ふつう》に食べられるわよ？」

リアはキョトンとしながら、不思議そうに小首を傾《かし》げる。

「……だな」

この件に関して、彼女の説得は不可能だ。

なぜならリアは今回、なんの無茶もしていない。十人前の弁当ぐらい、彼女ならペロリと食べてしまうだろう。

つまり現状、俺が説得すべきなのはシドーさんだ。

「シドーさん。さすがに今回は、相手が悪いと思うんですが……？」

俺がやんわり「ちょっと無茶ですよ」と伝えてみると、

「てんめぇ……この俺様が負けるとでも言いてぇのか？」

ただただ、彼の戦意に油を注ぐ結果となってしまった。

（ほぼ間違《まちが》いなく、シドーさんに勝ち目はないと思うんだけど……）

そんなことを口にすれば最後――きっと騒《さわ》ぎは大きくなり、後列の生徒に大きな迷惑を掛けてしまうだろう。

「はぁ……。もう知りませんよ……」

俺は説得を諦《あきら》め、小さなため息をこぼした。

その後、結局二人はデラックスお任せ弁当を十人前ずつ頼んだ。

一方の俺は、のり弁当。

ローズは、秋の幕の内弁当。

イドラさんは、特選牛肉弁当。

カインさんは、俺と同じのり弁当を注文した。

実際は『お弁当』以外にもいろいろなメニューがあるのだけれど、リアとシドーさんが「お弁当、お弁当!」と騒いだので、みんなそれに引きずられた形だ。

それぞれ注文したものを受け取った後、一番大きな十人掛《が》けのテーブルへ移動する。

「「「「「――いただきます!」」」」」

みんなで手を合わせて、お弁当に手を付けた。

「――うん、これはいけるな!」

俺は分厚い白身魚のフライに舌鼓《したつづみ》を打つ。

数あるお弁当の中でも、『のり弁当』が一番大好きだ。

海苔《のり》の下に眠《ねむ》ったおかか昆布《こんぶ》。さくっとした芳《こう》ばしいちくわの磯辺揚《いそべあ》げ。

そして何より──安い。

グラン剣術学院《けんじゅつがくいん》時代、売店の『格安のり弁当』には、よくお世話になったものだ。

「神と同じ食卓《しょくたく》、神と同じお弁当……。あぁ、無理です……。幸せが過ぎて、もういろいろと限界です……っ」

カインさんは両手で体を抱《いだ》きながら、嬉しそうに身悶《みもだ》えていた。

相変わらずというかなんというか、やっぱりこの人は少し変わっている。

「──ふむ、いい味だな」

タケノコを口にしたローズは満足気に頷き、

「ここのごはんはとても美味《おい》しい」

イドラさんはそう言いながら、上品にお弁当をつつく。

そうして和《なご》やかな食事を楽しんでいる一方で、

「はむはむ！　んー、おいしぃ！」

「はぁはぁ……。てめぇ、中々やるじゃねぇか……っ」

リアとシドーさんは、熾烈《しれつ》な大食い勝負を繰《く》り広げていた。

まぁ大食い勝負と言っても、リアにその気はまったくなさそうだ。

お弁当を前にした彼女は、ただただ純粋《じゅんすい》に自分の食欲を満たしているだけ。

一方のシドーさんは、必死になって食《く》らいついているが……既《すで》に相当苦しそうだった。

それからほどなくして、

「あぁ、おいしかったぁ……。ごちそうさまでした！」

軽く十人前のお弁当を平らげたリアは、満足気に手を合わせた。

その隣《となり》では、

「……っ」

死んだ目をしたシドーさんが、震《ふる》える手で白米を口へ運んでいた。

彼の目の前には、まだ手付かずのデラックスお任せ弁当箱が二つ。

完全に勝負ありだ。

「……はっ。少し、は……やるじゃねぇ、か……っ」

彼はそう言い残し、静かに意識を手放した。

「し、シドーさん……？　大丈夫ですか……？」

恐《おそ》る恐る肩《かた》を揺《ゆ》らしてみたが……返事はない。完全に気を失っているようだ。

「はぁ……。だから言ったのに……」

予想通りの結果に、俺はため息をこぼす。

「……神よ。シドーの名誉《めいよ》のため、一つだけ言わせていただいてもよろしいでしょうか？」

いつになく真剣《しんけん》な表情のカインさんが、発言の許可を求めてきた。

「は、はい。なんでしょうか……？」

「『大食い勝負』という括《くく》りで見れば、確かにシドーの完敗です。しかし、今一度よくご覧になってください。彼は『意識』こそ手放しましたが、気絶した今も『箸《はし》』だけは握《にぎ》り続けています！　つまり、彼の意思はまだ敗北を認めていないのです！」

「た、確かに……!?」

さすがはシドーさん、不屈《ふくつ》の闘志《とうし》とはまさにこのことだ。

「この強靭《きょうじん》な心は、見習うべきですね……」

「おぉっ、さすがは神……！　その飽《あ》くなき向上心、お見逸《みそ》れいたしました……！」

俺とカインさんがそんな話をしていると、

「もしかして……アレンは、ちょっとお馬鹿？」

「ふむ、頭は悪くないが……。少し天然なところがあるな」

イドラさんとローズは、やや失礼なことを言っていた。

その後、気絶したシドーさんを一旦《いったん》そのままにして、俺たち五人は雑談に花を咲《さ》かせる。

その話の中で、イドラさんは気になる言葉を口にした。

「そういえば、明日は『能力測定』。今回はアレンたちも参加してくれるから、とても楽しみ」

……能力測定？　確かレイア先生もそんなことを言っていたっけか。

「すみません、能力測定ってなんですか……？」

興味を掻《か》き立てられた俺は、軽く質問を投げてみた。

「えーっとね……。能力測定は、剣速《けんそく》・腕力《わんりょく》・脚力《きゃくりょく》・近距離攻撃《きんきょりこうげき》・遠距離攻撃《えんきょり》とかの合計十種目を点数化して競《きそ》う。毎月一回開かれて、各学年で最も優《すぐ》れた成績を残した人は表彰《ひょうしょう》される」

イドラさんが能力測定の概要《がいよう》を説明してくれていると、

「……『競う』だと？」

さっきまで白目を剝《む》いていたシドーさんが、にわかに息を吹き返す。

「はっ、おもしれぇ！　その能力測定とやらで、てめぇらまとめてぶっ倒《たお》してやろうじゃねぇか！」

彼は突然《とつぜん》、わけのわからないことを言い始めた。

（能力測定は、誰《だれ》かを『ぶっ倒す』ようなものじゃないと思うんだけど……）

超《ちょう》好戦的なシドーさんの手に掛かれば、どんなことでも勝負になってしまうようだ。

「ふふっ、面白《おもしろ》いわね！　受けて立つわ！」

「勝負と言われて、引く道理はないな」

「当然、相手になるよ」

リアを筆頭にして、血の気の多い女子たちは二つ返事で勝負を受けた。

チラリとカインさんの方を見れば、

「――全て神の仰《おお》せのままに」

相変わらず、わけのわからないことを言っている。

（個人的には、静かに自分の能力を測定したいんだよなぁ……）

そんなことを考えていると、全員の視線がこちらに集まっていることに気付いた。

「アレンも一緒《いっしょ》に勝負しましょ？」

「アレン、ここでいつかの雪辱《せつじょく》を果たさせてもらおうか！」

「てめぇが出ねぇと締《し》まらねぇだろうが！」

「リベンジマッチ……だね！」

どうやら、逃《に》げ道《みち》はなさそうだ。

「ふぅ……わかった。それじゃ俺もその勝負に参加させてもらうよ」

こうして俺は明日、リア・ローズ・シドーさん・イドラさん・カインさんと能力測定の結果で勝負することになったのだった。

■

翌日。

白百合女学院の全一年生は、能力測定を行うため、広大な校庭に集合していた。

「な、なんか思っていたよりも、ずっと真剣な感じなのね……っ」

異様な空気に圧倒《あっとう》されたリアが、そんな感想を口にする。

「……だな」

白百合女学院の生徒たちは、静かに精神を集中させたまま、直立不動の姿勢を取っている。

緊迫《きんぱく》した空気を肌《はだ》で感じながら、能力測定の開始を待つこと数分。

一限開始のチャイムが鳴ると同時に、一人の女生徒が朝礼台の上に立った。

「――それではこれより、今年度『第六回目』の能力測定を開始致《いた》します」

彼女の右腕《みぎうで》には『体育委員』と書かれた腕章《わんしょう》が巻かれている。

どうやらこの能力測定は、体育委員が取り仕切るようだ。

「今回は初めて能力測定を受ける生徒もいるため、まずは基本事項《じこう》の説明から行いたいと思います。生徒のみなさんは、ご清聴《せいちょう》願います」

それから簡単な説明が実施《じっし》された。

能力測定は一種目百点満点の競技を十種こなし、その合計点を競う。魂装の使用は、全種目可。各学年で最も優れた成績を収めた者には、盾《たて》と賞状が授与《じゅよ》される。

話の内容は、昨日イドラさんから聞いていたのと概《おおむ》ね同じものだった。

体育委員の説明が終わったところで、放送が流れた。

「――あー、マイクテス、マイクテス。……うん、大丈夫《だいじょうぶ》！　それではここから先の進行は、毎度お馴染《なじ》み放送部が務めさせていただきます！」

ほんの少し北訛《きたなま》りの――フェリスさんやリゼさんのようなイントネーションの声が校庭に響《ひび》く。なんというか、喋《しゃべ》ることが好きそうな印象を受ける喋り方だ。

「さてさてさぁて！　なんといっても本日の能力測定には、超有名なスペシャルゲストが来ております！」

放送部がそう言うと、全生徒の視線がこちらへ集まった。

「まずはこの人――氷王学院の問題児！　シドー＝ユークリウスゥウウウ！　なんと彼は入学後のわずか半年間で、『二度』も停学になった超問題児！　しかし、その実力は一年生の中でも指折りだと言われております！」

簡単な紹介《しょうかい》がなされると、女生徒たちは一斉《いっせい》にシドーさんから離《はな》れた。

「まぁ、なんて目付きの悪い方でしょう……!?」

「なるほど、アレが巷《ちまた》で噂《うわさ》の『ヤンキー』という生き物ですね……っ」

「こ、怖《こわ》いですわ……」

まぁ彼は、男の俺から見ても少し近寄り難《がた》い。

この反応も致し方ないだろう。

「そしてお次は、みなさまご存じ！　千刃学院の『超』問題児──アレン＝ロードルゥウウウ！　当学院の『神童』こと姉様、イドラ＝ルクスマリアを破った怨敵《おんてき》です！」

やや悪意の籠《こも》った紹介がなされると、たくさんの視線がこちらへ集まった。

「……おや？　さっきの殿方《とのがた》と違《ちが》って、少し優《やさ》しそうな顔つきではありませんか……？」

「でも、あの頭……白と黒ですわよ？　きっとまともな方では、ありませんわ……」

「それに彼は、私たちの姉様を倒した宿敵！　気を許すわけにはいきません……！」

どうやら、あまり歓迎《かんげい》されていないようだ。

「さぁ、それでは続いて──恒例《こうれい》の『ベットタイム』といきましょう！　先週配布された『賭《か》け札』にお名前と学年・組・番号、最後に賭け金をご記入の上、朝礼台の前に設置された箱へお入れください！」

朝礼台の方を見るとそこには、三つの大きな箱が置かれていた。

黄色い箱には、イドラ＝ルクスマリア。

青い箱には、シドー＝ユークリウス。

黒い箱には、アレン＝ロードル。

三つの箱には、三人の名前が書かれてあった。

「もちろん、姉様が勝つに決まっていますわ！」

「私も当然、姉様に入れます！」

白百合女学院の生徒たちは、ポケットから取り出した白い札をイドラさんの箱へ入れていく。彼女の箱が凄《すさ》まじい勢いでパンパンになっていく一方、俺《おれ》とシドーさんの箱はすっからかんだ。

「……『賭け札』？」

俺がポツリとそう呟《つぶや》くと、隣《となり》に立っていたイドラさんが簡単に説明してくれた。

「そう、賭け札。能力測定で『学年一位』になると思う人へ、お金を賭けるの。そういえば、アレンたちには、まだ配られてなかったね。体育委員に言えば、きっともらえるよ」

「な、なるほど……」

白百合女学院の生徒はみんな、イドラさんの勝利を確信しているようだ。

逆に言えば、俺とシドーさんの勝利は全く望まれていないらしい。

「むぅ……っ。私、ちょっと入れてくる！」

「ふっ。客観的に見れば、アレン一択《いったく》であろう」

リアとローズは体育委員から賭け札を二枚もらい、賭け金の欄《らん》に『十万ゴルド』と記した後、『アレン＝ロードル』と書かれた黒い箱へ投じた。

「じゅ、十万ゴルド⁉」

二人の投じたとんでもない額のお金に、俺は大きく目を見開いた。

「ちょ、ちょっと大丈夫なのか⁉」

「……え、何が？」

リアとローズはことの大きさを理解していないのか、不思議そうに小首を傾《かし》げる。

「い、いやいや……っ。二人ともなんでそんなに冷静なんだ⁉　十万ゴルドだぞ⁉」

十万ゴルドは大金だ。軽くひと月分の生活費にもなる。

ゴザ村基準で言うならば、数か月は余裕《よゆう》で持つだろう。

俺基準で言わせてもらえれば、一年は食い繋《つな》ぐ自信がある。

「もう、アレンは大袈裟《おおげさ》ね。十万ゴルドぐらい大丈夫よ」

「あぁ、目を剝くほどの額ではない」

「そ、そうか」

いつも一緒にいるから、つい忘れてしまいがちだけど……二人は超が付くほどのお金持ちだった。リアはヴェステリアの王女様だし、ローズは賞金狩《が》り時代に凄まじい資産を築いたと聞く。

貧困層《ひんこんそう》の俺とは、そもそもの金銭感覚が大きく違うのだ。

「それに第一――アレンが負けるなんて、絶対にあり得ないわ」

「あぁ、その通りだ」

二人はそう言って自信ありげに頷《うなず》いた。

「……まぁ頑張《がんば》ってみるよ」

リアとローズのその信頼《しんらい》は、素直《すなお》にとても嬉《うれ》しい。

それから少しして、今回の賭けのオッズが発表された。

俺が50倍。

シドーさんが55倍。

イドラさんが1.1倍。

(ほんと、凄《すご》い光景だな)

確かにここリーンガード皇国では、こういった賭け事は禁止されていないが……。

まさか真っ昼間の校庭で、一学年全員が参加するほど大規模な賭けが行われるとは……。

(法律的には問題ないけど、白百合女学院の校則的に大丈夫なのか？)

　俺が困惑《こんわく》げにその光景を見つめていると、

「こ、こらー！　何をやっているんですか⁉」

　理事長のケミーさんが、大慌《おおあわ》てで校庭に駆《か》け付けた。

「いったいなんですか、この異常な盛り上がりは？　詳《くわ》しく説明してください！」

　彼女は体育委員の一人を捕《つか》まえ、いろいろと話を聞き出していた。

「……なるほど、事情はわかりました。では――」

　ケミーさんは体育委員から没収《ぼっしゅう》した賭け札に百万ゴルドと記入し、『アレン＝ロードル』と書かれた箱へ突っ込んだ。

　どうやら彼女も、この賭けに参加するようだった。

　しかも、白百合女学院の関係者で唯一《ゆいいつ》俺に全ツッパ。

　……二つの意味で、ここの理事長がそれでいいのだろうか。

「り、理事長⁉　何故《なぜ》姉様ではなく、アレン＝ロードルに⁉」

「最低ですわ！　この裏切り者！」

　やはりというかなんというか、凄まじいブーイングがケミーさんへ降り注ぐ。

「はぁ……。まったく、みなさんは何もわかっていないですね。せっかくなので一つ、いいことを教えてあげましょう。『一番勝率の高いところへ賭ける！』、これギャンブルの基本ですよ？」

彼女は一切《いっさい》悪びれることなく、堂々とそう言い放った。

「そ、それは姉様が、アレン＝ロードルより劣《おと》っていると言いたいのですか⁉」

「この恥知《はじし》らず……！　これは姉様への――いいえ、白百合女学院全体に対する明らかな裏切りですわ！」

先ほどより、遥《はる》かに苛烈《かれつ》なブーイングが巻き起こる。

「ふ、ふんっ！　みんなになんと言われようと、先生はアレンくん一択です！　剣王祭、ちゃんと見ましたよね⁉　イドラさん、なんかが、彼に勝てるわけないでしょう！」

……うん。この人は、あまり喋らない方がいいタイプだ。

燃え盛《さか》る火になみなみと油を注いだケミーさんは、その後も強烈《きょうれつ》なブーイングを受け続けた。

そんな中、放送部が少し強引《ごういん》に能力測定の開幕を告げる。

「さ、さぁ！　いろいろと盛り上がってきたところで、そろそろ能力測定を開始しましょう！　最初の種目は――『近距離攻撃《きんきょりこうげき》』です！」

アナウンスと同時に、体育倉庫から二メートル四方の武骨な機械が運ばれてきた。

正面部分には三重の赤い円が記されており、その上部には液晶《えきしょう》パネルが取り付けられている。

「これからみなさんには、こちらの機械に向けて、全力の近距離攻撃を放っていただきます。測定結果は正面上部の液晶パネルに映し出され、測定者の斬撃《ざんげき》が強ければ強いほど、高い点数が出るようになっております！　――それでは、準備のできた方からどうぞ！」

放送部が簡単な説明を終えると、

「おいおい、こんな安っぽいガラクタで俺様の何が測れんだぁ？」

自信満々のシドーさんが、測定器の前に立った。

「シドー、油断大敵ですよ！」

「こんなガラクタ、一撃《いちげき》でぶっ壊《こわ》してやるよ。食い散らせ――〈孤高の氷狼《ヴァナルガンド》〉ッ！」

彼が魂装を解放すれば、校庭に極寒《ごっかん》の冷気が流れ出す。

「――氷狼の一裂《ヴァナル・スラスト》ッ！」

とてつもない冷気が柄頭《つかがしら》から放出され、爆発《ばくはつ》的な速度の突《つ》きが放たれた。しかし、

「なん、だと……!?」

シドーさんの凄まじい突きを受けても、測定器はビクともしない。

「こ、これは……!?　出ました九十四点、いきなりの九十点台！　さすがはシドー＝ユー

クリウス、氷王学院を代表する剣士《けんし》です！」

放送部が液晶に表示された数字を読み上げると、白百合女学院の生徒は一斉《いっせい》に息を呑《の》む。

この反応から察するに、九十四点という点数は、とんでもない高得点のようだ。

「――次は私の番」

対抗《たいこう》意識を燃やしたイドラさんが、測定器の正面に立つ。

既《すで》に魂装〈蒼穹の閃雷《ネバ・グローム》〉を展開した彼女は、

「飛雷身《ひらいしん》――極限《プレディール》一億ボルト！」

その身に蒼《あお》い雷《いかずち》を纏《まと》い、ゆっくりと剣《けん》を振《ふ》り上げた。

「雷鳴流《らいめいりゅう》――紫雷《しでん》ッ！」

まるで雷のような、目にも留まらぬ袈裟《けさ》斬りが放たれる。

その結果は、

「で、出ました――九十三点！　しかし、これは残念！　シドー＝ユークリウスの出した九十四点には一点届かず！」

惜《お》しくもシドーさんの記録には届かなかった。

「そ、そんな……っ」

「はっ、てめぇ如《ごと》きじゃ相手にならねぇんだよ」

イドラさんが目に見えて肩《かた》を落とす一方、シドーさんは勝ち誇《ほこ》った笑《え》みを浮《う》かべる。

シドーさん、イドラさんとくれば――次は俺の番だ。

この場にいる全員の視線が、こちらへ集まるのがわかった。

（……よし、やるか）

測定器の前に立ち、剣を抜《ぬ》き放ったところで――ふと『嫌《いや》な可能性』が脳裏《のうり》をよぎった。

（万が一ということもあるし……うん、一応確認《かくにん》しておこう）

俺は剣を鞘《さや》に仕舞《しま》い、ケミーさんのもとへ向かう。

「すみません、ちょっといいですか……？」

「はい、どうしました？」

「もしあの測定器を壊してしまった場合……弁償《べんしょう》とかは……？」

これだけは、絶対に確認しておかなければならない。

ここにいるみんなは超《ちょう》が付くほどのお金持ちだが……俺は違《ちが》う。

お金回りのことについては、人一倍注意する必要があるのだ。

「あはは、アレンくんは心配性《しょう》な子ですね。でも、安心してください。あの測定器――『対衝撃機構《たいしょうげききこう》三号』が壊れることは、絶対にありませんから」

ケミーさんは、はっきりとそう断言した。

「それでは万が一、とても当たりどころが悪くて壊れてしまった場合は……弁償しなくてもいいですか？」

「ええ、もちろん構いませんよ。そんなことよりもほら、剣王祭で見せたあの邪悪《じゃあく》な闇《やみ》で、シドーさんの九十四点を超《こ》えちゃってください！　……先生の大事な百万ゴルドが——正真正銘《しょうしんしょうめい》の『全財産』が掛《か》かっているので、割と真剣《しんけん》にお願いしますね」

彼女はそう言って、測定器の前へ俺《おれ》を押しやった。

なんか最後に重たい話を聞かされたけど、まぁそれについては気にしないことにしよう。

ひとまず『弁償』という大きなリスクを回避《かいひ》した俺は、剣を抜き放ち——そこへ闇を纏わせることによって『疑似《ぎじ》的な黒剣』を作り上げる。

（……よしよし、いい感じだ。闇の操作も少しは上達してきたな）

これまでは全身に闇の衣《ころも》を纏うのが精一杯《せいいっぱい》だったけど、今は剣や手足など——自分の意図した場所へ闇を集中できるようになった。

これで無駄《むだ》な闇の消耗《しょうもう》を抑《おさ》え、より長い時間戦うことができる。

「アレーン、頑張ってー！」

「千刃学院の力を見せつけてやれ！」

リアとローズから、心強い声援《せいえん》が送られてきた。

片手を上げてそれに応え、測定器へ向き直る。

（……シドーさんが九十四点、イドラさんが九十三点か）

二人の記録を超えるには、九十五点以上を叩《たた》き出さなくてはならない。

（ふぅ……やるか）

剣士の勝負は真剣勝負。たとえどんな勝負でも、引き受けたからには全力を尽《つ》くし、勝ちに行かなければならない。

疑似的な黒剣をギュッと握《にぎ》り締《し》め、正眼《せいがん》の構えを取り、静かに呼吸を整えて――大きな一歩を踏《ふ》み出す。

「五《ご》の太刀《たち》――断界《だんかい》ッ！」

空間を引き裂《さ》く最強の一撃は――測定器を一刀両断した。

真っ二つに裂けた上部の測定器には、『百点』と表示されている。

「あー、やっぱり……」

耐久力《たいきゅう》が自慢《じまん》の機械も、空間を断《た》ち切る断界には耐《た》えられなかったようだ。

なんとなく予想していた結末に、俺は苦笑いを浮かべながら――ホッと胸を撫《な》で下ろす。

（あぁ、よかった……）

ああいう機械は、目玉が飛び出すぐらい高かったりするからな。ちゃんと事前に『弁償しなくてもいい』、そう言質《げんち》を取っておいて、本当によかった。

「な、ななな、なんということでしょうか⁉　これまでただの一度として、破壊《はかい》されたことのなかった対衝撃機構三号が――一刀両断の悲劇に遭《あ》いました！　そしてその結果は、驚異《きょうい》の百点満点！　さすがはアレン＝ロードル、姉様を破った実力は本物だぁー！」

興奮した放送部の声が響《ひび》き渡《わた》り、周囲の一年生がジト目でこちらを睨《にら》んできた。

（あ、あはは……。そりゃ、喜ばれるわけないよな……っ）

俺がなんとも肩身《かたみ》の狭《せま》い思いをしていると、

「てめぇ、アレン……っ」

「さすがに……やるね……！」

対抗心に火の付いたシドーさんとイドラさんが、ギラついた視線をこちらへ向ける。

「た、たまたまですよ……。たまたま……！」

好戦的な二人のことだ。

下手に焚《た》き付ければ、『今この場で戦え！』と言い出しかねない。

当たり障《さわ》りのない返答をして、なんとか無難にやり過ごしていると、

「そん、な……っ。私の対衝撃機構三号が……⁉」

ちょうど隣《となり》にいたケミーさんが、ガックリと肩を落とした。

「さっきの測定器は、理事長のお手製。彼女はこう見えて、天才科学者」

イドラさんは衝撃の事実を教えてくれた。

「て、天才科学者!?　それは凄《すご》いですね……」

まさかこのギャンブル大好き人間が天才科学者とは……人は見かけによらないものだ。

その後、倉庫の奥に眠《ねむ》っていた対衝撃機構二号を利用し、近距離攻撃の測定が続けられた。

『二号』と『三号』の違いは、耐久力と外観のみ。中の測定プログラム自体は全く同じものが搭載《とうさい》されているらしく、計測結果に差異は生まれないとのことだ。

その後、一年生全員の測定を終えたところで、放送部のアナウンスが流れる。

「――さぁ、それでは続いて第二種目『遠距離攻撃《えんきょり》』へ参りましょう！　みなさまにはこれより、三十メートル離《はな》れた測定器へ向けて、遠距離攻撃を放っていただきます！　その威力《いりょく》が高ければ高いほど、測定器上部の液晶に高い点数が表示されるので、全力の一撃でお願いします！」

体育委員の人たちが、測定器から三十メートル離れた場所に白線を引き、あっという間に準備が完了《かんりょう》した。

「……『私の』？」

「……遠距離攻撃《こうげき》か。ちっとばかし苦手だが、まぁいい……」

シドーさんは頭をガシガシと掻《か》きながら、白線の上に立つ。

どうやら、今回も先陣《せんじん》を切るようだ。

「食《く》らえ――氷結槍《ひょうけつそう》ッ！」

彼が〈孤高の氷狼《ヴァナルガンド》〉を振り下ろせば、空中に発生した巨大《きょだい》な氷の槍《やり》が測定器の中心部に命中した。

「さぁ、気になる結果は――八十三点！　遠距離攻撃は近距離攻撃より点数が出にくいことを考えると、これはかなりの高得点と言えるでしょう！」

先ほどの九十点台から見れば、少し控《ひか》え目な点数に見えるが……これは遠距離攻撃だ。

放送部の言う通り、八十三点という数字は決して悪くないだろう。

「ちっ、微妙《びみょう》だな……」

シドーさんはその点数に満足していないらしく、大きな舌打ちを鳴らした。

「次は、私の番」

先ほど僅差《きんさ》で敗れたイドラさんは、静かに闘志《とうし》を燃やしながら白線の上に立つ。

飛雷身により、高圧の電流を纏った彼女は、おもむろに一本の槍を頭上に掲《かか》げた。

すると次の瞬間《しゅんかん》――雲一つない青空から、巨大な雷が槍の穂先《ほさき》へ降り注ぐ。

（こ、この技《わざ》は……っ）

剣王祭で見せた、彼女が放つ最強の一撃《いちげき》。

「一億ボルト――雷帝の蒼閃《インペラータ・クローム》ッ！」

螺旋状《らせんじょう》の蒼い雷撃《らいげき》は、正確に測定器の中心部を撃ち抜いた。

砂埃《すなぼこり》が巻き上がり、焦《こ》げた臭《にお》いが周囲に広がっていく。

「さぁ気になる結果は――きゅ、九十五点!?　これは凄《すさ》まじい大記録が出ました！　さすがは姉様！　白百合女学院の大エースです！」

結果が読み上げられた瞬間、周囲の一年生が歓喜《かんき》の声をあげた。

（これは本当に凄いな……っ。まさか、あのシドーさんに十二点差をつけるなんて……）

俺がその圧倒《あっとう》的な記録に舌を巻いていると、

「――ふふっ、私の勝ち」

イドラさんは勝ち誇ったいい笑顔《えがお》で、シドーさんに勝利宣言を行った。

しかもなんと、ブイサインのおまけ付き。

きっとこれは、さっきの『お返し』なのだろう。

「あぁ!?　てめぇ、近距離《きんきょり》じゃ俺の勝ちだっただろうが!?　ぶっ殺すぞ！」

「近距離と遠距離の結果、足し算すると私は188点。君は177点。……完全勝利」

「おい待てこら、まだ二種目しか終わってねぇだろうが⁉」

「ふふっ、なら暫定《ざんてい》的勝利……！」

「て、てんめぇ……ッ」

……もしかしたら、この二人は一周回って気が合うのかもしれないな。

俺はぼんやりそんなことを考えつつ、測定器から三十メートル離れた白線の上に立ち
――闇を解放した。

全身から噴《ふ》き出す邪悪な闇は、あっという間に白百合女学院全域を黒く染め上げていく。

「こ、これは⁉」

「剣王祭で見せた、アレン＝ロードルの『闇』ですわ……っ。ですが、ここまでの出力はなかったはず……⁉」

「なんておぞましい力ですの……っ」

大地を走る漆黒《しっこく》の闇を見た女生徒たちは、目を丸くして驚《おどろ》いていた。

そんな中、俺はある確信を得た。

（……やっぱりだ。出力がかなり上がっている……）

確か、ドドリエルの奴《やつ》が言っていたっけか。

――『生と死の境』を歩くほど、魂装は強くなっていく。

数日前、俺は心臓を貫《つらぬ》かれるというとんでもない重傷から奇跡《きせき》的に生還《せいかん》した。

おそらくその結果、肉体と魂《たましい》が密接に結び付き、アイツの闇がこちらに流れやすくなっているのだろう。

（……いい具合だ）

闇が体によく馴染《なじ》む。

まるでずっと昔からこの力と共に生きて来たような、しっくりとした手応えがあった。

（これなら、いい点数が出せそうだ……！）

俺は闇の衣を全身に纏《まと》い、疑似的な黒剣を天高く振《ふ》り上げると、

「——す、ストーップ！」

ケミーさんが大きな声で『待った』を掛けた。

「えーっと、どうかしましたか……？」

「そんな大出力の一撃を受けたら、私の大事な『対衝撃《しょうげき》機構二号』が吹《ふ》き飛んじゃいます！　もうアレンくんは百点でいいですから、そのおぞましい剣《けん》を早く下ろしてください！」

彼女は顔を青くしながら、ブンブンと首を横へ振った。

「そ、そう言われましても……」

俺《おれ》が周囲に目を向けると、

「理事長、そんな横暴は許されませんわ！」

「姉様の出した九十五点という大記録が、塗《ぬ》り替《か》えられるとでも仰《おっしゃ》りたいのですか⁉

この……裏切り者！」

「はっ⁉　わかりましたわ！　アレン＝ロードルを勝たせて、大金をせしめるおつもりなんでしょう⁉　確か百万ゴルドほど、お賭《か》けになられていましたわよね⁉」

まるで矢のようなブーイングが、ケミーさんに降り注ぐ。

「え、えーっと……やりますよ……？」

「……はい、どうぞ」

大勢の生徒から袋叩《ふくろだた》きにされたケミーさんは、しょんぼりとしたままコクリと頷《うなず》いた。

（さすがにちょっと可哀想《かわいそう》だけど……）

教師と生徒の信頼《しんらい》関係については、彼女が努力するしかない。

（っと、いけないいけない。今は、目の前のことに集中だ）

脱線《だっせん》しかけた思考をもとに戻《もど》した俺は、大きく息を吐《は》き出し――一気に剣を振り抜《ぬ》いた。

「六《ろく》の太刀《たち》――冥轟《めいごう》ッ！」

漆黒の巨大な斬撃《ざんげき》を放った瞬間、かつてない反動が両手を襲《おそ》った。

（で、デカい⁉）

いつもの二倍以上にもなる巨大な黒い斬撃。

大地をめくりあげながら進むその一撃は――対衝撃機構二号を木っ端《こ　ぱ》微塵《みじん》に粉砕《ふんさい》した。

「あ、あぁ……っ」

ケミーさんの悲痛な声と共に、ただの金属片《きんぞくへん》と化した測定器がカランカランと転がる。

ひび割れたその液晶《えきしょう》には、薄《う》っすら百点と表示されていた。

「な、ななな、なんという威力でしょうか⁉　まさに圧倒的！　遠距離攻撃で『百点満点』は、これまで見たことがありません！」

放送部の声が、シンと静まり返った校庭に木霊《こだま》する。

周りを見れば、女生徒の多くはポカンと口を開けたまま、固まってしまっていた。

「てめぇ、剣王祭の時より遥《はる》かに強くなってんじゃねぇか……っ」

「アレン、いったいどんな修業《しゅぎょう》をしたの……⁉」

シドーさんとイドラさんは歯を食いしばり、

「さすがはアレン、見事な一撃ね！」

「先の死闘《しとう》を経て、また一段と強くなったか……。本当にとんでもない奴だな」

リアとローズはどこか誇《ほこ》らしげな様子だった。

その後、倉庫の奥深《おくふか》くに眠っていた『対衝撃機構一号』を持ち出し、遠距離攻撃の測定が再開された。

それから数時間、剣速《けんそく》・脚力《きゃくりょく》・反応速度など様々な種目をこなしていき、いよいよ結果発表のときを迎《むか》える。

時計塔《とう》を見れば、時刻は既《すで》に午後五時。ゆっくりと日が傾《かたむ》き始める時間だ。

「さぁ、それでは『ベット対象』であるイドラ＝ルクスマリア、シドー＝ユークリウス、アレン＝ロードルの総合得点を発表していきます！」

放送部が大きな声でそう告げると、張り詰《つ》めた空気が漂《ただよ》い始めた。

さすがに全力で十種目をやり遂《と》げた今、自分の合計点数は覚えていない。

俺にとっても緊張《きんちょう》の一瞬《いっしゅん》だ。

「ではまず、白百合女学院代表！　我らが姉様イドラ＝ルクスマリアの結果は――950点！　なんと驚異《きょうい》の九百点台！　さらにそこへ五十点を積み重ねた、とんでもない大記録です！」

その発表を受けて、周囲の女生徒たちは一斉《いっせい》に沸《わ》き立った。

「さすがは姉様！　夢の九百点台ですわ！」

「これなら、あのにっくきアレン＝ロードルにも勝てますわ！」

千点満点中ということを考えれば、イドラさんの点数は凄まじい高得点だ。

「続いて氷王学院代表、シドー＝ユークリウスの結果は——947点！　いやりました！　姉様の勝利です！」

「ちっ」

惜《お》しくもイドラさんに敗れた彼は、大きな舌打ちを鳴らす。

（三点差か。惜しいな……）

『遠距離《えんきょり》攻撃』の後、彼は多くの種目でイドラさんを上回っていた。『勝った種目の数』では、間違《まちが》いなくシドーさんが上を往《い》くけれど……。

やはり遠距離攻撃で生まれた『十二点差』が大きく足を引っ張り、総合得点では僅差で敗れてしまった。

「そして千刃学院代表アレン＝ロードルの結果は——きゅ、975点!?　これは、とてつもない記録が出てしまいました！　おそらく白百合女学院の歴史上最高得点でしょう！」

放送の後、周囲は恐《おそ》ろしいほどシンと静まり返る。

「……くそが……っ」

「また、負けた……」

シドーさんは足元に転がっていた対衝撃機構二号の残骸《ざんがい》を蹴《け》り付け、イドラさんはガックリ肩《かた》を落とす。

「賭け金百万ゴルドで、アレンくんのオッズが五十倍……。締《し》めて、五千万ゴルド……！ふ、ふっふっふっ……。ふーはっはっはっはっ！」

その一方、思いがけず大金を手にすることになったケミーさんは、まるで安っぽい悪党のように笑い、

「お酒、おつまみ、ギャンブル……！　週末は豪遊《ごうゆう》だー！　いやっふー！」

異様に高いテンションのまま、まるで子どものように校庭を走り回った。

なんというか、週末頃《ごろ》には無一文になっていそうな気がする。

「一年生で最も優秀《ゆうしゅう》な成績を収めたアレン＝ロードルには、後日盾《たて》と賞状が授与《じゅよ》されます。それではこれにて、今年度『第六回目』の能力測定は終了《しゅうりょう》。お疲《つか》れ様《さま》でした！」

それから俺たちは、食堂でちょっと早めの晩ごはんを食べた後、白百合女学院の広い校庭を活用して、それぞれ剣術《けんじゅつ》の修業に励《はげ》む。

リアとローズは、俺の横で覇《は》王流《おうりゅう》と桜華《おうか》一刀流《いっとうりゅう》の型の確認《かくにん》。

シドーさんは、ひたすら遠距離攻撃《こうげき》の修業。

カインさんは、俺の隣《となり》で幸せそうに素振《すぶ》り。

イドラさんは、雷《かみなり》の緻密《ちみつ》な操作をしていた。

（……やっぱり、楽しいな）

みんなと一緒《いっしょ》に剣術を磨《みが》くこの時間が、俺はたまらなく大好きだ。

このまま時が止まればいいのに、そう思ってしまうぐらい大好きだ。

それから数時間が経過し、日がすっかり落ちたところで、俺たちは解散することになった。

「リア、ローズ、イドラさん、また明日《あした》」

「うん。おやすみなさい、アレン」

「また、明日会おう」

「じゃあね」

男子寮《りょう》と女子寮は真反対に位置するため、リアたちとは校庭で別れた。

「シドーさん、カインさん。また明日、会いましょう」

「おぅ」

「神よ。あなたと過ごせたこの素晴《すば》らしき一日を、私は一生忘れないでしょう」

教員用の男子寮でシドーさんたちと別れた俺は、自分に割り当てられた部屋へ入る。

「――ただいま」

帰りの挨拶《あいさつ》をするが、当然ながら返事はない。

（リアがいないと、やっぱりちょっと寂《さび》しいな）

ここは千刃学院じゃないので、さすがに彼女と一緒の部屋というわけにはいかない。

「それにしても、疲れたなぁ……」

能力測定で全力を出し切ってからの素振り、さすがにもうヘトヘトだ。

（今日はお風呂《ふろ》に入って、ちょっと早めに寝《ね》ようかな……）

そんなことを考えながら柔軟《じゅうなん》をしていると、コンコンコンと部屋の扉《とびら》がノックされた。

（もう夜中の十時を回っているのに……誰《だれ》だろう？　もしかして、リアかな？）

なんとなくの当たりを付けながら、玄関《げんかん》の扉を開くとそこには、

「――こんばんは、アレン」

小さなリュックを抱《かか》えたイドラさんの姿があった。

「イドラさん……？　どうしたんですか、こんな遅《おそ》くに……？」

「うん、ちょっとね。中、いい？」

「え、ええ、どうぞ」

「ありがと。お邪魔《じゃま》します」

こうして俺は、ほんの少しだけ嫌《いや》な予感を抱《いだ》きつつ、予想外の客人――イドラさんを自分の部屋に招き入れたのだった。

■

イドラさんを自室に招き入れた俺は、冷蔵庫で冷やしておいたお茶をコップに注《そそ》ぐ。

「どうぞ」

「ありがと」

食卓《しょくたく》についた彼女は、優雅《ゆうが》な所作でお茶に口を付けた。そして——。

「……」

「……」

なんとも言えない沈黙《ちんもく》が降りる。

(……どうすればいいんだ……)

ここは男である俺の方から、なにか気の利《き》いた話を振《ふ》るべきなのか？

(いやでも待て、イドラさんはわざわざ俺の部屋を訪ねて来た)

きっと、何か話したいことがあるに違《ちが》いない。

(この沈黙は、ちょっと気まずいけど……。ここは彼女を急《せ》かさないよう、待っているのが正解のはずだ！)

そう判断した俺は、こちらから話題を振らず、彼女が話を切り出してくるのを待った。

イドラさんは特に緊張していないようで、いつも通り何を考えているのかわからない表情のままである。

「……」

「……」

それからたっぷり三分ほど経過したところで、

「え、えーっと……イドラさん？　こんな夜中にどうしたんでしょうか？」

無言の圧に耐《た》え兼《か》ねた俺《おれ》は、おずおずと話を切り出した。

女の子と見つめ合いながらの沈黙は、さすがに息が続かなかったのだ。

「あ、うん。ちょっと話があったんだけど……その前に一ついい？」

「はい、なんでしょうか」

「ずっと気になっていたんだけど、どうして敬語なの？」

「……え？」

予想外の質問に、少し間の抜けた声を出してしまった。

「私たち、同い年だよ？」

「それは……そうですね」

俺がイドラさんに敬語を使う理由……これといって、明確なものはない。

（うーん、難しいな）

『まだ会って間もないから』というのは、少し距離《きょり》のある感じがするし……。『なんとなく』というのは、理由として弱過ぎる。

「えーっと……。女の子には丁寧《ていねい》に接した方がいいかな、と思いまして……」

回答に窮《きゅう》した俺が、当たり障《さわ》りのない返答をすると、

「リアとローズには、敬語じゃないよ？　アレンが嫌じゃないなら、普通《ふつう》に話してほしい」

イドラさんは、少し悲しそうな表情を浮《う》かべた。

個人的には、敬語に拘《こだわ》りがあるわけじゃない。

彼女がいいというのならば、タメ口にさせてもらおう。

「――わかった。それじゃ、よろしくな……い、イドラ」

女子の名前をサラッと呼び捨てにするのには、微妙《びみょう》な気恥《きは》ずかしさがあったため、少し言い淀《よど》んでしまった。

しかし、イドラは特に気にした素振《そぶ》りもなく、嬉《うれ》しそうに微笑《ほほえ》んだ。

「うん。よろしくね、アレン」

それから彼女はサッと立ち上がり、玄関口の方へ向かって歩き始める。

「それじゃ、また」

「え……？　あっ、うん。また明日」

まさか用件がこれだけだとは思わなかったので、少し肩透《かたす》かしを食《く》らった気分だ。

その後、イドラはゆっくりと靴《くつ》を履《は》き、玄関の扉に手を掛《か》けたところで「あっ」と声をあげる。

「忘れてた」

彼女は再び靴を脱《ぬ》ぎ、いそいそと食卓につく。

「本題を話してなかった。もう一度お話をしよう」

「あ、あぁ」

（この人、本当に天然なんだなぁ……）

俺がそんなことを思っていると、イドラが軽く咳払《せきばら》いをする。

「――コホン、本題に入る」

「どうぞ」

「えっとね……。剣王祭でアレンに負けてから、私はたくさんの修業《しゅぎょう》をしたの。でも、今日の能力測定で、君との差が広がっていることを実感した」

彼女は悔《くや》しそうな表情で、ジッとこちらを見つめた。

「なにか秘密があるはず……と思った」

「秘密？」

「そう。アレンの強さには、何か秘密があるはず。だから、私の質問に正直に答えてほしい」

イドラはそう言って、小さなリュックの中から一枚のプリント用紙を取り出した。そこには、綺麗《きれい》な字で質問文のようなものが箇条《かじょう》書《が》きにされている。

どうやら既《すで》に準備万端《ばんたん》のようだ。

「……だめ？」

「いや、別に構わないぞ」

質問に答えるだけで彼女の力になれるのなら、喜んで協力させてもらうつもりだ。

「そっか、ありがと。それじゃ一問目――アレンの剣術はとても独特。師匠《ししょう》は誰？」

「……っ」

いきなり答えづらいものが飛んできた。

「あ、あはは……。お恥《は》ずかしながら、俺の剣術は『我流《がりゅう》』なんだよ」

剣士《けんし》はどこかの流派に所属し、そこで剣術の基礎《きそ》を学ぶ。

これが剣士の常識であり、ごく当たり前のことだ。

しかし、そんな常識を外れた――俺みたいに流派に入れてもらえなかった剣士は、『我流』にならざるを得ない。

そして世間は、そんなはみ出し者のことを『落第剣士』と馬鹿にするのだ。

「我流？　どうして？　いい先生が見つからなかったの？」

俺のような『底辺の事情』を知らないイドラは、心底不思議そうに首を傾《かし》げる。

「……『才能がない』って、言われちゃってさ。どこにも入れてもらえなかったんだ」

「そんなに強いのに……？　見る目がない人ばかりだったんだね」

イドラは「信じられない」といった風に目を丸くし、次の質問へ移った。

一日何時間、剣術に時間を費《つい》やすのか。

これまで剣術指南書は何冊読んだのか。

毎日どれくらいのごはんを食べるのか。

軽く十を超《こ》える質問に驚《おどろ》きつつ、俺は一つ一つ丁寧に答えていった。

「じゃあこれが最後の質問。――剣王祭が終わってから今日までで、一番時間を費やした修業はなに？」

「一番時間を費やした修業か……」

「うん」

イドラは興味津々《きょうみしんしん》といった風にコクコクと頷《うなず》いた。

この質問を最後に持ってきたところからして、これが最も聞きたかったことなんだろう。

（うーん……）

霊核《れいかく》との殺し合い・闇《やみ》の操作・筋力トレーニング――毎日いろんな修業をしているが、その中で最も時間を費やしたものとなると……。

「……素振《すぶ》り、かな」

やはり、これだろう。

どんなことがあろうとも、日課の素振りだけは欠かしたことがない。

「むぅ……ちゃんと答えて」

俺の回答が納得《なっとく》できるものじゃなかったのか、彼女はジト目でこちらを睨《にら》んだ。

その目にはありありと不満の色が浮かんでいる。

「一応、真剣《しんけん》に答えているつもりなんだけどなぁ……」

何一つとして、嘘《うそ》は言っていない。

俺が日々の修業の中で最も時間を費やしたものは、間違《まちが》いなく素振りだ。

「……そう。『強さの秘密』は秘密ということね」

彼女は少しむくれた表情で、残念そうに呟《つぶや》いた。

「別にそういうわけじゃないんだけどな……」

強さの秘密と言われたら、真っ先に『一億年ボタン』が脳裏《のうり》をよぎる。

しかしこれについては、レイア先生と交《か》わした『絶対に他言しない』という約束がある
ため、簡単に話すわけにはいかない。

（ちょっと心が痛むけど、これぱっかりは仕方ないよな……）

一億年ボタンについては、黒の組織が目を光らせていると聞く。

下手なことを口にすれば、俺だけでなくイドラまで危険に晒《さら》してしまう。

彼女には申し訳ないが、やはり一億年ボタンのことを話すわけにはいかない。

「……わかった。それじゃ、君の日常を『監視《かんし》』する」

イドラは突然《とつぜん》、よく意味のわからないことを言い出した。

「か、監視……？」

「そう、監視。見て盗《ぬす》む」

「あぁ、そういうことか」

監視という言葉には少し驚いたが、『見て盗む』というのは剣術《けんじゅつ》の基本だ。そんなこと
に一々許可を取る必要はない。実際俺だって、ローズの桜華一刀流を真似《まね》させてもらって
いる。

「……だめ？」

「いや、それなら全然構わないぞ。まぁ参考になるかどうかは、わからないけどな」

「そっか、よかった。……うん、話はこれで終わり。いろいろありがとう」

彼女は嬉しそうに微笑むと、

「――それじゃ、お風呂《ふろ》いただくね」

信じられないパワープレイを見せた。

「あぁ、どう……ぞ⁉」

恐《おそ》ろしく早い話題転換《てんかん》――俺でなければ、見逃《みのが》していただろう。

その鮮《あざ》やか過ぎる手際《てぎわ》に、うっかり許可を出してしまうところだった。

「ちょ、ちょっと待て！　お風呂ってどういう意味だ⁉」

「……？　お風呂はお風呂だよ……？」

「あぁ……質問が悪かったな。『お風呂』という言葉の意味を聞いているんじゃなくて、どうしてイドラがうちのお風呂に入るのかって聞いているんだ」

「さっき言った。君の日常を監視するって」

彼女は淡々《たんたん》と自身の正当性を主張する。

「日常を監視って……まさか、俺の生活を全部真横で監視するってことか⁉」

「そうだよ」

イドラは「何をそんなに驚いているの……？」と言いたげだ。

（そういえば、すっかり忘れていたな……）

彼女のコミュニケーション能力が、絶望的に壊滅《かいめつ》的なことを。

「ということは、もしかして……今日は『泊《と》まり』なのか？」

「もちろん、そのためのリュック」

彼女は得意気な顔で、持参したリュックから可愛《かわい》らしい黄色のパジャマを取り出す。

どうやら、初めから俺の部屋に泊まる気だったようだ。

「さ、さすがにそれはちょっと……」

年頃《としごろ》の男女が一つ屋根の下なんて、いろいろとよろしくない。

リアについては……まぁ『主従関係』など、いろいろとおかしな前提があったので考慮《こうりょ》外とする。

「もしかして……アレンは誰《だれ》かと付き合ってる？」

イドラは不安げな表情を浮かべ、コテンと小首を傾げた。

「いや、別にそういうわけじゃないんだけど……」

リアは……まだそういうのとは違《ちが》う。

「……よかった」

何故《なぜ》かホッと安堵《あんど》の息を吐《つ》いたイドラは、脱衣《だつい》所の方へ足を向け、

「それじゃ、お風呂いただくね」

仕切りのカーテンをシャッと閉めた。

「あっ、ちょっとイドラ……!?」

俺《おれ》が慌《あわ》ててカーテンの裾《すそ》を掴《つか》んだその瞬間《しゅんかん》――シュルシュルッと衣擦《きぬず》れの音が聞こえてきた。

「……っ!?」

どうやら、彼女はもう脱ぎ始めてしまったらしい。

(くそ、やられた……っ)

イドラが服を脱いだことにより、この薄《うす》い布のカーテンは彼女を守る『鉄のカーテン』へ進化した。こうなってはもう手の出しようがない。

「はぁ……。どうしてこうなった……」

小さくため息をこぼせば、風呂場から彼女の鼻歌が聞こえてきた。

同い年の――それも絶世の美少女が、すぐ隣《となり》でシャワーを浴びている。

そう考えるだけで、心臓が変な鼓動《こどう》を打ち鳴らす。

(……気が休まらないぞ、これ)

そうして落ち着かない時間を十分、十五分と過ごせば――ガチャリと風呂場の扉《とびら》の開く音が聞こえた。

（ふう、終わった……）

張り詰《つ》めた緊張《きんちょう》の糸が緩《ゆる》み、ホッと安堵の息を漏《も》らした次の瞬間、

「ねぇ、アレン。バスタオル……どこ？」

一糸纏《まと》わぬイドラが、なんの躊躇《ためら》いもなくカーテンを開けた。

「な、ぁ……!?」

水のしたたる髪《かみ》・上気した頬《ほお》・艶《なま》めかしい肢体《したい》――そして何より、絶対に見えてはいけない女性的なものが露《あら》わになっている。

俺はすぐさま百八十度回転し、念のために両目をしっかりと閉じた。

「な、ななな……何をしているんだ!?」

「えっと……。バスタオル……」

「も、持って行く！　今すぐ持って行くから！　早く中に戻《もど》って、カーテンを閉めてくれ！」

「……？　わかった」

彼女は不思議そうに呟き、大人しく脱衣所へ戻ってカーテンを閉めた。

俺は慌てて箪笥《たんす》からバスタオルを取り出し、カーテンの隙間《すきま》へ差し込む。

「ど、どうぞ……」

「ありがと」

それからイドラは特に何を言うこともなく、鼻歌交じりに体の水気を拭《ふ》き取っていった。

（はぁ……女子校のお嬢様《じょうさま》は、みんなこうなのか？）

男性に対する危機意識が、決定的に欠如《けつじょ》している。

（いやまぁ『神童』を襲《おそ》える人なんて、そういるもんじゃないだろうけどさ……）

さすがにこれは無防備が過ぎる。

うっかり変な犯罪にでも巻き込まれないか、とても心配だ。

しばらく待っていると、可愛らしい黄色のパジャマに着替《きが》えたイドラが出てきた。

しっとりとした肌《はだ》・ほんのり上気した頬・濡《ぬ》れた髪の毛。普段《ふだん》の彼女とは違って、なんだか少し大人びて見えるというか……とにかく、色気のようなものが漂《ただよ》っていた。

「ふぅ……さっぱりした」

「……それはよかった」

その後、俺は中断していた柔軟《じゅうなん》を再開し、イドラは髪を乾《かわ》かす。

「ふわぁ……」

手短に寝支度《ねじたく》を済ませた彼女は、俺のベッドにポスリと腰掛《こしか》け、可愛らしい欠伸《あくび》をした。

その目は既《すで》にトロンとしており、ちょっとでも気を抜《ぬ》けば、カクンと寝落ちしてしまいそうだ。

「……アレン、おやすみぃ……」

イドラは舌っ足らずな口調でそう言うと、もそもそと掛《か》け布団《ぶとん》にくるまった。

どうやら彼女は、夜にあまり強くないらしい。

「お、おやすみ……」

それから俺は、お風呂で疲《つか》れを流し、ササッと寝支度を整えていく。

その間、イドラはベッドの上で小さな子どものように丸くなり、スーッスーッと小さな寝息《ねいき》を立てていた。

「……さすがに無防備過ぎじゃないか？」

信用されていると考えたら、少し嬉《うれ》しくもあるけれど……。

やっぱり女性として、イドラはもう少し警戒心《けいかいしん》というものを持つべきだろう。

「そのあたりの話は、また今度だな」

とりあえず、今日はもう寝るとしよう。

床《ゆか》にバスタオルを敷《し》いて簡単な寝床《ねどこ》を作り、そこへゴロンと横になる。

「――おやすみ、イドラ」

リモコンを使って照明を落とした俺は、ゆっくりと目を閉じ、まどろみの中へ沈《しず》んでいくのだった。

■

翌日。

窓から差し込む柔《やわ》らかい日の光で、俺は目を覚ました。

「ん、んんー……っ」

大きく伸《の》びをしながら、ゆっくり上体を起こすと、

「――おはよ、アレン」

白百合女学院の制服に着替えたイドラが、柔らかい笑顔《えがお》を見せてくれた。

「……っ。あ、あぁ……おはよう、イドラ」

新鮮《しんせん》な光景に一瞬《いっしゅん》息を呑《の》みながらも、それを気取《けど》られないようごく自然な風を装《よそお》う。

それからひとまず洗面所に向かい、歯を磨《みが》こうとすると、

「――ねぇ、何か作っていい？」

彼女は冷蔵庫を指差しながら、コテンと小首を傾《かし》げた。

「それは構わないけど……いいのか？」

「うん。一人分作るのも二人分作るのも同じだから」

「そうか、助かるよ。冷蔵庫の中にあるものは、好きに使ってくれ。といってもまぁ、大したものは入ってないんだけどな」

確かタマゴとモヤシ、それから豚肉《ぶたにく》ぐらいは入れておいた気がする。

「……うん、これだけあれば十分」

中の食材をジッと見たイドラはコクリと頷《うなず》き、早速《さっそく》調理に入った。

彼女がごはんを作ってくれている間、俺は朝支度を済ませていく。

その後、千刃学院の制服に袖《そで》を通したところで、お呼びの声が掛かった。

「――アレン、できたよ」

「ありがとう、今行くよ」

姿見《すがたみ》でサッと身だしなみをチェックしてから、彼女の待つ食卓《しょくたく》へ向かう。

「――おぉ、これはおいしそうだな！」

つやつやの白ごはんと半熟の目玉焼き、それにモヤシと豚肉の炒《いた》め物があった。

この短い時間で、よく二品も作れたものだ。

「ふふっ、お口に合うといいけど――醤油《しょうゆ》でいい？」

「あぁ、ありがとう」

俺とイドラは食卓につき、静かに両手を合わせる。

「「――いただきます」」

ぷっくりと膨《ふく》れた黄身に箸《はし》を入れると、中からトロトロと黄色い旨味《うまみ》が溢《あふ》れ出した。

ほどよく焼けた白身で半熟の黄身を包み、それを口へ運ぶ。

「どう？」

「――うん、おいしい！　イドラは料理が上手なんだな」

千刃学院の女子は料理が不得手だったこともあり、これはちょっと意外だった。

「よかった。でも、料理はそこまで得意じゃない」

「そうか？　これだけできれば十分だと思うんだけど……」

「こういう普通《ふつう》のおかずは得意かも。だけど、ケーキとかクッキーとかのお菓子《かし》作りは苦手。ついつい隠《かく》し味を入れたくなって、気付いたらとんでもないものができる。中等部では、それで事件になった」

「そ、そうなのか……」

イドラは得意な料理と不得意な料理が、はっきりと分かれるタイプらしい。

「ところで、中等部も女子校だったのか？」

「うん。お父さん心配性《しょう》だから、共学は絶対に駄目《だめ》だって」

「……なるほど……」

もしも彼女の父親にこんなところを見られたら……とんでもないことになりそうだ。

「あのさ、イドラ」

「なに？」

「俺《おれ》の部屋で寝泊《ねと》まりしていることは、絶対に他の誰《だれ》にも言っちゃ駄目だぞ？」

「……？　よくわからないけど、わかった」

本当にわかってくれたのか、少し心配だけど……。

これぱっかりは彼女を信じるしかない。

その後、朝食を済ませた俺たちは、いつもよりかなり早く登校することにした。

これはもちろん、イドラと一緒《いっしょ》に部屋を出るところを見られないようにするためだ。

時刻は朝の七時、一限開始までまだ二時間もある。

（この時間なら、誰の目もないだろう）

そんな風に思っていた俺が……馬鹿だった。

大きな音を立てないよう、ゆっくり玄関《げんかん》の扉を開けるとそこには、

「——おぉ、神よ！　今日も同じ学《まな》び舎《や》に通える喜びをなんと表現すれ、ば……!?」

いつからスタンバイしていたのか、跪《ひざまず》いて頭《こうべ》を垂れるカインさんの姿があった。

ゆっくり顔を上げた彼は、俺とイドラの姿を確認《かくにん》して——言葉を失う。

「か、かかか、神よ!? いったいこれは、どういうことですか……!? 何故《なぜ》、イドラが貴方様《あなたさま》のお部屋から!?」

カインさんは悲鳴のような声をあげ、俺たちを交互《こうご》に見やった。

「し、静かに！ ちょっといろいろあって、彼女は一時的に寝泊まりしているだけなんです……！ カインさんが考えているようなことは、何もありませんから……！」

「なるほど、承知いたしました」

俺の説明を聞いた彼は、驚《おどろ》くほど素直《すなお》に頷いた。

「えっと、納得《なっとく》してくれたんですか……？」

「納得も何も、神のお言葉を疑うような愚行《ぐこう》はいたしません。神が黒と言えば黒、白と言えば白。ただそれだけのことでございます」

カインさんはぶっ飛んだことを言いながら、とても穏《おだ》やかな笑みを浮《う》かべている。

いったい何故ここまで崇拝《すうはい》されているのか本当に謎《なぞ》だが、今回ばかりは助かった。

「とにかく、この件は内密にお願いしますね」

「はっ、この命に代えても……！」

彼はそう言って、恭《うやうや》しく頭を下げた。

こうしてカインさんの口封《くちふう》じに成功した俺は、ひとまずＡ組の教室へ向かうのだった。

■

白百合女学院に転入してから、ちょうど一週間が経過した。

「――おはようございます、アレン様」

「アレンさん、おはようございます」

「あぁ、おはよう。シャーリーさん、ミーシャさん」

嬉しいことに、最近はクラスメイトとも普通に会話ができるようになった。

初めはかなり警戒されていたけれど……。イドラ経由で少しずつ交流が増えていき、今ではちょっとした雑談ができる程度には打ち解けている。

他の女生徒たちと朝の挨拶《あいさつ》を交《か》わしていると、教室の扉《とびら》がガラガラと開いた。

「――おはよう、アレン！」

「……おはよぅ」

元気いっぱいのリアと寝ぼけまなこのローズだ。

「あぁ、おはよう」

「それにしてもアレン、最近随分《ずいぶん》と早いわね。何かあった？」

自分の席に荷物を置いたリアは、いきなり鋭《するど》い質問を投げ掛けてきた。

「い、いや……！　別に、何もないよ……？」

「……ふーん……？」

明後日《あさって》の方角へ泳いだ俺の目を、彼女はジィッと見つめてくる。

(現状、イドラとの共同生活は、誰にもバレていない……はずだ)

唯一《ゆいいつ》これを知っているカインさんは、しっかりと約束を守ってくれている。

(後一週間……。後一週間の辛抱《しんぼう》だ……っ)

このまま何事もなく、平穏《へいおん》無事に終わることをただただ願うばかりである。

そんなことを考えていると——とある女生徒が、恐《おそ》る恐るといった風に話し掛けてきた。

「あの……アレン様。一つ、お聞きしてもよろしいでしょうか？」

彼女の名前は、確かリースさんだ。

「はい、どうかしましたか？」

「以前から気になっていたのですが、貴方様のその闇《やみ》……もしかすると、傷を治療《ちりょう》する効果があるのではないでしょうか？」

「よくわかりましたね。ちょっとした傷なら、すぐに治せるんですよ——これは」

俺はコクリと頷き、指先から小さな闇を浮かび上がらせた。

「やはりそうでしたか……！」

リースさんは何故か嬉《うれ》しそうにパンと手を打ち鳴らし、それから真剣《しんけん》な表情を浮かべる。

「実はその、アレン様にお願いしたいことがあるのです……。もしよろしければ、少しお話を聞いていただけないでしょうか……？」

「お願いごと、ですか……？」

「はい。実は私、『古傷』に悩《なや》まされておりまして……。少しお見苦しいですが、どうかこちらをご覧になってください……っ」

緊張《きんちょう》した面持《おもも》ちの彼女は、静かに制服の袖をまくった。

すると、そこには赤黒く変色した歯形があった。

「これは五年ほど前、私がまだ初等部の頃《ころ》に負った傷です。あれはそう、授業で魔獣狩《まじゅうが》りをしていたときでした。ほんの一瞬油断した隙《すき》に、ウェアウルフに咬《か》まれてしまったのです……」

「そうだったんですね……。念のために聞きますが、お医者さんには診《み》てもらいましたか？」

リーンガード皇国の医術は、とても発展している。

これぐらいの咬み傷ならば、すぐに治せそうなものだけれど……。

「はい、もちろんです。何人ものお医者様に診てもらいましたが……駄目でした。この傷には、魔獣の『呪《のろ》い』が掛《か》けられているため、現在の医学では治す術《すべ》はなく……。永遠に、……このままだろうと言われてしまいました……っ」

リースさんは今にも泣き出しそうな声で、ポツリポツリと言葉を紡《つむ》ぐ。

（呪い、か。確かにそれは厄介《やっかい》だな……）

呪いとは、魔獣が行使する未知の力だ。

効果・発動条件・解呪《かいじゅ》方法、その詳細《しょうさい》についてはほとんど何もわかっていない。

「本当はもう完治することを諦《あきら》めていたのですが……。その不思議な闇を拝見し、『もしかしたら』と思い……お声を掛けさせていただきました。アレン様、どうかその力をお貸し願えませんでしょうか……っ」

彼女は頭を下げ、藁《わら》をも摑《つか》む思いで頼《たの》み込んできた。

「……わかりました。できるかどうかはわかりませんが、やってみましょう」

この『闇』は、なんと言ってもあの化物の力だ。

可能性はそう高くないと思うけど、万が一ということがあるかもしれない。

「あ、ありがとうございます……！」

「それでは、いきますよ」

「はい、お願いします……っ」

俺は意識を集中し、変色した彼女の右腕《みぎうで》へ闇を纏《まと》わり付かせていく。

優《やさ》しく柔《やわ》らかく、悪いものを呑《の》み込むような感覚で。

すると――赤黒く変色した肌《はだ》は、みるみるうちにもとの美しい肌へ戻《もど》っていった。

「「「す、凄《すご》い……っ」」」

まるで魔法《まほう》のような光景を目にした周囲の女生徒たちは、思わず感嘆《かんたん》の声を漏《も》らす。

「ふぅ……。よかった、なんとかなったみたいですね」

リースさんは綺麗《きれい》になった自分の右腕を見て、目を白黒とさせていた。

そして――。

「あ、あぁ……。本当に、本当にありがとうございます……っ」

彼女はボロボロと大粒《おおつぶ》の嬉し涙《なみだ》を流し、何度も何度も頭を下げた。

あの赤黒く変色してしまった古傷……年頃《としごろ》の少女にとっては、さぞや苦しいものだっただろう。治してあげられて、本当によかった。

(それにしてもこの闇、『呪い』さえも消し飛ばすのか……)

まさかとは思ったけど、こんなにもあっさり治してしまうとは予想外だ。

(俺の中に眠《ねむ》る霊核《れいかく》は、いったいなんなんだ……？)

そんなことを考えていると、

「アレン様、実は私にも修業《しゅぎょう》中にできた太刀傷《たちきず》がありまして……！」

「ちょっと抜《ぬ》け駆《が》けは禁止ですわよ！　アレン様、私にも古い傷がありまして、どうかその力をお貸し願えないでしょうか……!?」

大勢の女生徒が、俺のもとへ押し寄せてきた。

「え、あっ……ちょ、そんな一気には無理ですよ!?」

それから俺は霊力《れいりょく》がすっからかんになるまで、ただひたすら闇を絞《しぼ》り尽《つ》くされた。

その結果として、新たにわかったことがある。

この闇は『外傷』に対して、絶対的な効果を発揮する。

大きいものでは裂傷《れっしょう》・打撲《だぼく》・呪い、小さいものでは筋肉痛・肌荒《はだあ》れ・発疹《ほっしん》などなど、どんなものでもあっという間に治してしまう。

しかしその一方で、風邪《かぜ》のような『病気』にはなんら効果を示さなかった。

その後――午前は主に魂装の修業。昼休みはリアたちを含《ふく》めた十人以上でお昼ごはん。午後は筋力トレーニング。放課後はみんなで集まりつつ、それぞれ思い思いの修業。

大変だけど、とても充実《じゅうじつ》した毎日を送っていると、あっという間に白百合女学院で過ごす最後の一日となった。

「――はい、今日の授業はこれで終わりです。みなさん、気を付けて帰ってくださいね」

ケミーさんが最後のホームルームを終えると同時、俺《おれ》は一目散に教室を飛び出した。

「待てごら、てめぇっ⁉」

「アレン、ちょっと待って！」

予想通りというかなんというか、シドーさんとイドラが凄《すさ》まじい速度で追い掛けてくる。

（やっぱり、そう簡単には逃《に》がしてくれないか……っ）

螺旋《らせん》状の階段を駆《か》け降り、本校舎を飛び出したところで――。

「――アレン、逃げないで」

飛雷身《ひらいしん》で移動速度を上げたイドラが、俺の前に立ち塞《ふさ》がった。

「そう、毎日毎日逃げられると思うんじゃねぇぞ……！」

背後からは、極寒《ごっかん》の冷気が背中を突《つ》き刺《さ》してくる。

「あ、あはは……。どうやら、そのようですね……っ」

俺は苦笑いを浮《う》かべつつ、心の中で大きなため息をついた。

「ねぇ、アレン……やろうよ」

「今日は最終日だ。いつもの『また今度』は通用しねぇぞ」

戦意に満ち溢《あふ》れた二人は、魂装の切っ先をこちらへ突き付けた。

（……どれだけ俺と戦いたいんだ……）

白百合女学院での二週間、イドラとシドーさんは、ことあるごとに決闘《けっとう》を申し込んできた。俺はそのたびに理由を付けて、後回しにしてきたのだが……。どうやら今回ばかりは、逃げられそうにない。

(別に二人と戦うのが嫌《いや》というわけではないんだけど……)

全力のシドーさんとイドラと戦えば、この学院が滅茶苦茶《めちゃくちゃ》になってしまう。

(それに何より――戦いが終わってからの数日は、体が言うことを聞いてくれない)

白百合女学院の授業を受けられるこの貴重な時間を、保健室で寝《ね》たまま過ごすというのはあまりにももったいない。そういった理由から、これまで二人の挑戦《ちょうせん》を避《さ》け続けてきたのだ。

「はぁ……わかりました。それでは『魂装なし』という条件なら、受けて立ちます」

「あぁ?」

「……魂装、なし?」

シドーさんとイドラは、揃《そろ》って眉《まゆ》をひそめた。

「はい。魂装ありの戦いにすれば、今日お相手できるのはシドーさんかイドラ、どちらか一人だけになってしまいます。こちらにも霊力の問題がありますから、二人との連戦はさすがに無理です」

「ちっ」

「それは、確かに……」

「そこで、魂装なしの決闘です。これなら、今日中に二人のお相手ができますし……。剣《けん》士《し》として純粋《じゅんすい》な『剣術《けんじゅつ》』を競《きそ》い合うこともまた、真剣勝負の一つだとは思いませんか？」

魂装を解禁した戦いは、間違《まちが》いなく死闘《しとう》になる。

そしてそうなったとき、とても困った人がいる――そう、シドーさんだ。

彼は一度火が付くと止まらない。

きっと〈孤高の氷狼《ヴァナルガンド》〉を無茶苦茶に解放し、白百合女学院を氷漬《こおりづ》けにしてしまうだろう。

だから俺は、魂装なしでの決闘を提案したのだ。

「はっ、そういうのもたまには面白《おもし》れぇかもな。てめぇの口車に乗ってやるよ！」

「私も、それで構わない！」

こうして俺は、シドー＝ユークリウス・イドラ＝ルクスマリアと魂装なしの剣術勝負をすることになったのだった。

■

俺とシドーさんは、イドラの後について第一演習館へ移動する。

ここではつい先ほどまで、剣術部の女生徒たちが練習していたのだが……。

イドラが事情を説明したところ、二つ返事で場所を譲《ゆず》ってくれた。

大勢の剣術部員たちが、ジッとこちらを見守る中、

「さぁアレン――ここなら思う存分、好きなだけやれるよ！」

興奮した様子のイドラは、俺の手を取って中央の石舞台《ぶたい》へ上がろうとした。

するとそこへ、シドーさんが『待った』を掛ける。

「おい、ちょっと待てイドラ。なんでてめぇが先なんだ？」

「私がこの場所を押さえた。これは当然の権利」

「んなもん関係あるか！　第一てめぇは、つい最近剣王祭でボロッカスに負けたとこだろうが！　どうせ勝てねぇんだから、引っ込んでろ！」

「むか……。大五聖祭でボロ雑巾《ぞうきん》にされたのは、どこの誰《だれ》だっけ？」

「あぁん!?」

……この二週間でわかったことがある。

喧嘩《けんか》っ早《ぱや》いシドーさんと好戦的なイドラ、二人の相性《あいしょう》はこれ以上ないほど最悪だ。

（まさに水と油、だな……）

俺が小さなため息をつくと――シドーさんの足元が凍《こお》り出し、イドラの体に蒼白《あおじろ》い電気が流れ始めた。

(おいおい、勘弁《かんべん》してくれよ……⁉)

こんなところで二人が争えば、間違いなくこの第一演習館は吹《ふ》き飛ぶ。これではせっかく気を利《き》かして、魂装なしの剣術勝負を持《も》ち掛けた意味がなくなってしまう。

「え、えーっと……そうだ！　戦う順番は、公平に『じゃんけん』で決めませんか？」

すぐさま二人の間に割って入り、なんとかこの場を丸く収めようとする。

「じゃんけん？　……まぁ、アレンがそう言うなら」

「ったく、しょうがねぇな」

イドラが承諾《しょうだく》し、それに続いてシドーさんも渋々納得《しぶしぶなっとく》してくれた。

「それでは、いきますよ？　最初はグー……じゃんけん――」

俺が音頭《おんど》を取り、二人の手が振《ふ》り下ろされる。

落下中の二人の手を見れば……シドーさんの手はパー、対するイドラの手はグーの形を取っていた。

(初戦の相手はシドーさんか)

シドーさんが笑い、イドラの顔が曇《くも》った次の瞬間《しゅんかん》――彼女の全身を凄まじい電気が走った。

(飛雷身⁉　それもかなりの出力だぞ……⁉)

しかし、いったい何をするつもりだ……？

俺がイドラの手を注視していると、信じられないことが起こった。

（こ、これは……!?）

なんと、彼女の『手』がゆっくりと形を変えていくのだ。

人間の反応速度を超越《ちょうえつ》した『後出し』、振り下ろされる寸前での『チェンジ』。

その結果、

「「――ポンッ！」」

シドーさんの手は変わらず『パー』。

対するイドラの手は『チョキ』。

初戦の相手は――イドラとなった。

「ふっ、私の勝利……！」

彼女は勝ち誇《ほこ》った笑《え》みを浮かべ、俺の手を取って舞台へ上がっていく。

（少しズルいような気もするけど……）

このじゃんけんにおいて、魂装禁止というルールは存在しない。

それにイドラが手を変えたのは、二人の手が振り下ろされる最中《さなか》――倫理《りんり》上はともかく、ルール上は彼女の勝利だ。

「てめぇイドラ、今のはズルだろうが！」

「結果が全て」

「ぐ、ぬ……っ」

不平をこぼしたシドーさんだったが、一応は納得したようだ。

「え、えーっと……。それでは剣術勝負を始める前に、ルールを決めましょうか！」

ギスギスした空気をマイルドにするため、俺はできる限り明るい声を出す。

「まず魂装の使用は禁止。それから相手を死に至らしめる攻撃《こうげき》も禁止。勝利条件は……この石舞台から相手を落とすこと、こんなところでどうでしょうか？」

剣《けん》武《ぶ》祭《さい》・大五聖祭・剣王祭などのルールを参考にした簡単なルールを提案すると、

「異存はない。さぁ、早くやろう！」

イドラは待ちきれないとばかりに二本の剣《けん》を抜《ぬ》き放ち、独特な構えを取った。

右足は半歩前、左足は半歩後ろ。

右手はやや高い位置取りを保ち、左手はグッと後ろへ引き絞《しぼ》った二刀流。

（右手で『斬撃《ざんげき》』、左手で『突き』。相変わらず、超《ちょう》攻撃的な構えだな……）

俺は警戒心《けいかいしん》を高めながら、剣を引き抜き正眼《せいがん》の構えを取る。

「いくよ、アレン……！」

「あぁ……来い！」

直後、イドラが駆け出した。

「雷鳴流――万雷《ばんらい》ッ！」

二本の剣が雷鳴《らいめい》の如《ごと》き速度で空を斬《き》り、十の斬撃が放たれた。

イドラが繰《く》り出す斬撃の嵐《あらし》、俺はそれを足捌《あしさば》きのみで容易《たやす》く避《よ》けていく。

（……見える）

彼女の視線が、狙《ねら》いが、息遣《いきづか》いが――手に取るようにわかった。

毎日の地味な修業《しゅぎょう》が、ようやく実を結んできたのかもしれない。

「くっ、雷鳴流――迅雷《じんらい》ッ！」

イドラは間髪《かんはつ》を容《い》れず、第二の刃《やいば》を繰り出す。

だが、迅雷の如き七連撃《しちれんげき》は虚《むな》しくも虚空《こくう》を泳いだ。

「そん、な……!?」

彼女は信じられないとばかりに目を見開き、わずかな動揺《どうよう》が二本の剣に走った。

俺はその隙《すき》を逃《のが》さず、大きく一歩踏《ふ》み込み――しっかりと体重を乗せた袈裟《けさ》斬りを放つ。

「ハアッ！」

「く……っ」

イドラは咄嗟《とっさ》の判断で二本の剣を交差し、なんとか防御《ぼうぎょ》して見せたが……。

「きゃぁっ⁉」

強烈《きょうれつ》な剣撃《けんげき》に耐《た》え切れず、大きく後ろへ吹き飛び――そのまま石舞台の外へ落ちてしまった。

完全な場外、俺《おれ》の勝ちだ。

（……不思議な感覚だな。五感が研《と》ぎ澄《す》まされているというか、体に力がよく馴染《なじ》むというか）

おそらくこれは、アイツの『闇《やみ》』のおかげじゃない。

もっと奥の深い、根源的な『ナニカ』が作用している。なんとなく、そんな気がした。

（これはまた後で、いろいろと試《ため》してみる必要があるな……）

俺がそんなことを考えていると、イドラはゆっくり立ち上がる。

「アレン、今のとんでもない力はなんなの……？　人間じゃあり得ないよ……？」

「う、うーん……なんだろうな……」

どう返答したものかと困っていると、

「――ったく。一撃《いちげき》でやられちまうとは、情けねぇ奴《やつ》だぜ……。イドラ、てめぇは大人しく、指を咥《くわ》えて見てやがれ」

凶悪《きょうあく》な笑みを浮《う》かべたシドーさんが、肩《かた》で風を切りながら舞台へ上がってきた。

「……油断しない方がいいよ。力勝負じゃ、絶対に勝てない」

「馬鹿野郎《やろう》。……んなもん見りゃわかる」

イドラと短く言葉を交《か》わした彼は、スゥーッと剣を引き抜く。

(シドーさんとやり合うのは、大五聖祭ぶりだな……)

ちょっとした懐《なつ》かしさを覚えながら、彼の独特な構えに目を向けた。

引き抜いた剣を右手にダラリとぶら下げ、どこか気だるげにも映るその姿は――まさに『棒立ち』。

(だけど、決して侮《あなど》ることはできない)

重心を悟《さと》らせぬ姿勢・極《きわ》まった脱力《だつりょく》・気負いのなさ、これこそが天才剣士《けんし》シドー＝ユークリウスの『我流《がりゅう》の構え』なのだ。

「行くぜぇ？」

「あぁ、来い！」

短い言葉を交わした後、俺たちは同時に駆《か》け出した。

「――シャアッ！」

「セイッ！」

互《たが》いの剣が激しくぶつかり合い、両の手に鈍《にぶ》い衝撃《しょうげき》が走る。

鍔迫《つばぜ》り合いが始まるかと思われたそのとき、

「馬鹿が！」

「なっ!?」

シドーさんは絶妙《ぜつみょう》な力加減で刀身を滑《すべ》らせ、流麗《りゅうれい》な足捌きをもって、俺の右側面へ回り込んだ。

（う、巧《うま》い……！）

意識の間隙《かんげき》を縫《ぬ》う力の抜き方・流れるような重心移動・一分《いちぶ》の無駄《むだ》もない足捌き――まさにお手本と言っていいほどの『抜き足』だ。

がら空きの右半身を晒《さら》した俺は、咄嗟の判断で大きく左へ跳《と》ぶ。

しかし、シドーさんの超人《ちょうじん》的な反射神経は、安易な回避《かいひ》を許さない。

「――逃《に》がすかよぉ！」

彼はこちらの跳躍《ちょうやく》にぴったりと張り付き、鋭《するど》い斬撃を繰り出した。

「そぉら！」

「ぐ……っ」

右肩《みぎかた》に走る鋭い痛みを噛《か》み殺しつつ、バックステップを踏んで距離《きょり》を稼《かせ》ぐ。

幸いなことに傷はそう深くない。この程度ならば、戦闘《せんとう》続行になんら支障はないだろう。

「……さすがはシドーさんですね」

「おいおい、寝《ね》ぼけてんのか？　当たり前のことをいちいち口にすんじゃねぇよ」

「あはは、すみません」

そんな軽口を交わしながら、シドーさんの戦闘センスに舌を巻く。

（まるで全身バネのような身のこなし、超人的な反応速度……）

それに何より、恐《おそ》ろしいまでの『状況《じょうきょう》対応能力』。

つい先ほど、俺とイドラの戦いを目にした彼は、大きく戦い方を変えてきた。

大五聖祭のときの腕力《わんりょく》と脚力《きゃくりょく》を押し出した『剛《ごう》の戦法』から、スピードと柔軟性《じゅうなんせい》を活《い》かした『柔《じゅう》の戦法』へ。

（とにかく、彼のペースに乗せられちゃ駄目《だめ》だ）

剣術《けんじゅつ》の基本は、自分の得意とする『領域』で戦うこと。

間合い・緩急《かんきゅう》・攻防《こうぼう》のリズム――決してこれらを相手に握《にぎ》らせてはならない。

（次の一手で……崩《くず》す！）

俺は石舞台《ぶたい》を強く蹴《け》り、一足で間合いを詰《つ》めた。

「八《はち》の太刀《たち》――八咫烏《やたがらす》ッ！」

「はっ、甘《あめ》えよ！」

シドーさんは迫《せま》りくる八つの斬撃を時には流し、時には受け、時には回避し――完璧《かんぺき》に捌《さば》き切って見せた。しかし、

「まだまだここからですよ……ッ！」

「なっ⁉」

俺はさらに一歩大きく踏み込み、畳《たた》み掛《か》けるようにして連撃を放つ。

「桜華一刀流奥義《おうぎ》――鏡桜斬《きょうおうざん》ッ！」

鏡合わせのように左右から四つずつ、合計八つの斬撃がシドーさんに牙《きば》を剝《む》く。

「こ、の……舐《な》めんじゃねぇぞぉおおおおおおおッ！」

彼は恐ろしいほどの反応と剣速《けんそく》で、それすらも見事に迎撃《げいげき》した。

（さすがはシドーさん……。ここまでやって、ようやく隙を見せてくれたな）

八咫烏と鏡桜斬。十六の斬撃を捌いた彼は、ついにがら空きの胴体《どうたい》を晒す。

俺はそこへ全体重を乗せた中段蹴《げ》りを叩《たた》き込む。

「ハアッ！」

「が、ふ……っ」

シドーさんは体を大きく曲げたまま水平に飛び、第一演習館の壁《かべ》に全身を打ち付けた。

見紛《みまが》うことのない場外——俺の勝ちだ。

「ふぅ……これで終わりですね」

イドラとシドーさんとの剣術勝負に勝利した俺は、右肩の傷を闇で治療《ちりょう》し、ゆっくりと剣を鞘《さや》に納めた。

「ま、待ちやがれ……っ。はぁはぁ……勝手に逃げてんじゃねぇ！　俺様が勝つまで続けるぞ……！」

「私も……まだ、やりたい！」

腹部を押さえてなんとか立ち上がったシドーさん、今の戦いを食い入るように見ていたイドラ——二人は強く再戦を望んだ。

なんとなく、わかった。

多分これは、二人が満足するまで付き合わされるやつだ。

「い、いや……そう言われましても……」

俺がどうしたものかと頭を悩《なや》ませていると——第一演習館の扉《とびら》が勢いよく開かれた。

「ちょっと待った！」

「勝手にアレンを独占《どくせん》してもらっては困るぞ」

「おぉ、神よ！　私とも剣を交えてはくださらないでしょうか⁉」

リア・ローズ・カインさん――さらにその後ろには、白百合女学院一年A組のみんながいた。

「アレン様、もしよろしければ……私たちに稽古《けいこ》をつけていただけないでしょうか！」

「あなた様の剣術《けんじゅつ》をこの身で体験してみたいのです……！」

「今日が同じ学《まな》び舎《や》で過ごせる最後の一日……！　どうか、どうかお願いします……！」

シャーリーさん・ミーシャさん・リースさん、三人が頭を下げると、

「「「お願いします……っ」」」

一年A組のみんながそれに続いた。

たとえ短い時間とはいえ、彼女たちは共に剣術を学んだ学友。

ここまで頼《たの》み込まれては、断るわけにはいかない。

「……わかりました。今日はとことん付き合いましょう！」

俺は腹を括《くく》り、ここにいる全員と剣術勝負をすることに決めた。

それからおよそ一時間後、

「一の太刀《いち　たち》――飛影《ひえい》ッ！」

俺が空を駆ける斬撃《ざんげき》を放てば、リースさんは剣を水平に構えて防御態勢を取る。

だが、

「きゃあっ⁉」

彼女の細腕《ほそうで》では防ぎ切れず、その手から剣が弾《はじ》かれてしまった。

――勝負ありだ。

「大丈夫《だいじょうぶ》ですか、リースさん？」

石舞台に転がった剣を拾い上げ、彼女にそれを手渡《てわた》す。

「は、はい……っ。あの、その……ありがとうございました……！」

リースさんは何故《なぜ》か顔を赤くして、小走りで舞台から駆け降りていった。

（さて、彼女でちょうど五十人目だな……）

額に薄《うっ》すらと浮かんだ汗《あせ》を拭《ぬぐ》い、『待機列』に目を向ける。

（……後、七十人ちょっとか？）

まだまだ先は長そうだ。

（さすがにちょっと疲《つか》れてきたな……）

肩をグルグルと回し、大きく深呼吸をしていると――次の挑戦者《ちょうせんしゃ》が舞台に上がってきた。

「アレン＝ロードルよ。私は三年生なのだが、参加してもよいだろうか？」

短く刈《か》り上げられた金髪《きんぱつ》・彫《ほ》りの深い精悍《せいかん》な顔つき・ポーラさんを一回り小さくしたよ

うな熊の如《ごと》き巨体《きょたい》。この人は確か、剣王祭で大将を務めていたリリィ＝ゴンザレスさんだ。

「えっと、それは別に構いませんが……。お手柔《てやわ》らかにお願いしますね……？」

「ふっ、何を言う。貴殿《きでん》を相手にして、そのような余裕《よゆう》などあるものか。当然、全力で行かせてもらおう」

彼女は目をギラつかせながら、身《み》の丈《たけ》ほどの大剣《たいけん》を上段に構えた。

（おいおい、マジか……!?）

俺《おれ》はすぐさま剣を抜《ぬ》き放ち、正眼《せいがん》の構えを取る。

予想外の参戦者に少し……いや、かなり驚《おどろ》いたが……。

（……考え方によっては、『ラッキー』だよな？）

リリィさんほどの剣士と斬《き》り結ぶ機会なんて、そうそうあるものじゃない。

きっとこれは、とてもいい経験になるだろう。

「では……参るぞ！」

「はいっ！」

こうして白百合女学院での最後の一日は、百人以上の剣士と斬り合うお祭り騒《さわ》ぎとなったのだった。

■

たくさんの剣術勝負をこなした俺は、白百合女学院のみなさんやシドーさん、カインさんと別れ——リア・ローズと一緒《いっしょ》に千刃学院の寮《りょう》へ向かっていた。

時刻は午後十時、日はもうすっかりと落ちている。

「ふぅ、さすがに疲れたな……」

両手を突《つ》き上げて大きく伸《の》びをすれば、

「まさか『百人斬《ひゃくにんぎ》り』を達成しちゃうなんて、ほんとにビックリしたわ」

「正確には、百二十三勝ゼロ敗——凄《すさ》まじい戦績だな」

リアとローズは、しみじみとそう呟《つぶや》いた。

「あはは、そのおかげで体はボロボロだけどな」

実際のところ、百二十三連戦はさすがにちょっときつかった。

でもまぁあの戦いには、『お別れ会』的な意味も含《ふく》まれていたし……。

それに何よりとても楽しい時間だったから、本当にやってよかったと思う。

盛大《せいだい》な見送りをしてくれた白百合女学院のみんなには、感謝の気持ちでいっぱいだ。

「——さて、明日《あした》からはまた千刃学院で修業《しゅぎょう》だな！」

俺は両手でパンと頬《ほお》を打ち、明日に向けて気合を入れた。

「ふふっ、アレンったら……どうして修業の話になるとそんなに元気になるの？」

「まったく、お前には敵《かな》わないな」

リアとローズは、どこか呆《あき》れたようにクスクスと微笑《ほほえ》む。

明日からはまた、千刃学院で修業の毎日だ。

氷王学院で修業を積んだA組のみんなは、きっと見違《みちが》えるように強くなっていることだろう。

（俺も、もっともっと頑張《がんば》らないとな！）

こうして白百合女学院での転入生生活を満喫《まんきつ》した俺たちは、千刃学院の生活へ戻《もど》るのだった。

二：上級聖騎士《せいきし》と晴れの国

白百合女学院《しらゆりじょがくいん》での転入生生活を終えた次の日。

カーテンからこぼれる暖かな日差しを受け、俺はゆっくりと目を覚ました。

「ん、んー……っ」

寝《ね》ぼけまなこで時計を見れば、午前七時半。

一限開始までまだ時間はあるけど、そろそろ支度《したく》を始めないといけない。

「ふわぁ……っ」

大きく伸びをして、ベッドから起き上がる。

（んー……。なんだか少し、体が重たいな……）

さすがに百人以上と斬り合った疲れは、一日眠《ねむ》った程度じゃ取れなかったみたいだ。

（とりあえず、顔を洗うか……）

寝室《しんしつ》から出ると、

「――あっ、起きたのね。おはようアレン」

いつもより上機嫌《じょうきげん》なリアが、元気いっぱいの笑顔《えがお》で挨拶《あいさつ》をしてくれた。

元気な彼女の姿を見ると、なんだか体が軽くなったような気がする。

「おはよう、リア。それは……冬服か？」

視線を下へ向ければ、彼女はいつもと違《ちが》う制服に身を包んでいた。

今日は十月一日――夏服から冬服へ移行する衣替《ころもが》えの日だ。

「えぇ、そうよ。……ど、どうかしら……？」

リアはその場でクルリと回り、少し緊張《きんちょう》した様子で小首を傾《かし》げた。

体のラインが浮《う》き出た、丈の短い白のワンピース。その上から赤を基調としつつ、黒のアクセントが入った、暖かそうなジャケットを羽織っている。

白・赤・黒の美しいコントラストが、リアの美しい金色の髪《かみ》と非常によくマッチしていた。

「うん、とてもよく似合っているよ」

「ふふっ、ありがと。――あっ、そうだ。アレンの冬服姿も、後でちゃんと見せてよね？」

「それはもちろん構わないけど……。男用の冬服は、夏服とほぼ一緒だぞ？」

「いいからいいから！」

その後、俺はリアに急《せ》かされるようにして朝支度を済ませ、サッと冬服に着替《きが》えた。

「……どうだ？」

正直なところ、男子用の冬服は夏服とほとんど何も変わらない。

上は白地の布に黒いアクセントの入ったジャケット。下はジャケットと同じような配色のシンプルなズボン。違いと言えば……生地《きじ》が冬仕様の分厚いものになったぐらいだ。

「――うん、とってもかっこいいと思うわ！」

リアは大輪の花が咲《さ》いたような笑みを浮かべて、そう言ってくれた。

「あはは、ありがとう」

あんまり代わり映《ば》えしないと思うけど……。彼女がそう言うなら、きっといい感じなんだろう。

そうしてお互《たが》いの冬服を披露《ひろう》し合った俺たちは、

「――さて、それじゃそろそろ行こうか」

「うん」

一緒に千刃学院《せんじんがくいん》へ向かうことにした。

玄関《げんかん》の扉《とびら》を開けば、秋の訪《おとず》れを感じさせるひんやりとした空気が頬を撫《な》でる。

「ちょっと、冷えるな……。寒くないか？」

「大丈夫よ、ありがとう。……残暑も終わって、これからは秋になるねぇ」

周囲を見れば、青々と茂《しげ》っていた木々の葉っぱが、既《すで》に少し黄色がかっている。

夏の終わりと秋の到来《とうらい》を感じながら、ゆっくり歩いていくと――懐《なつ》かしの千刃学院本校舎が見えてきた。

「おぉ、もうすっかり元通りだな！」

「さすがはリーンガード皇国、かなりの建築技術を持っているわね……」

俺の霊核《れいかく》によって破壊《はかい》された本校舎も、爆破《ばくは》されて吹《ふ》き飛んだ体育館も、完璧《かんぺき》に元通り。

二週間前はボロボロだった本校舎内部も、しっかりと修繕《しゅうぜん》されていた。

埃《ほこり》一つない廊下《ろうか》を進み、一年A組の教室前に到着《とうちゃく》した俺は、小さく息を吐《は》き出す。

「なんか、ちょっと緊張するな」

「そうね。みんなと会うのは、二週間ぶりだから……少しドキドキするわ」

「ふぅ……開けるぞ？」

「うん」

意を決して扉を開けば、

「――おっ、久しぶりだな、アレン！」

「おはよーっす！　元気してたかー？」

「ねぇねぇ、二人とも！　白百合女学院の話、ちょっと聞かせてよ！」

久しぶりに会ったクラスのみんなが、一斉《いっせい》にこちらへ押し寄せてきた。

その直後、

「ふわぁ……。アレン、リア……おはよぅ」

とても眠たそうなローズが、背後の扉から姿を見せ、一年Ａ組全員が揃《そろ》った。

それから朝のホームルームが始まるまでの間、俺たちは互いの転入生生活について楽しく語り合う。

そうこうしているうちに『キーンコーンカーンコーン』とチャイムが鳴り、教室の扉が勢いよく開かれた。

「――おはよう、諸君！」

いつも通り、元気溌溂《はつらつ》としたレイア先生だ。

彼女はジッと俺たちの方を見つめると、満足そうに「うんうん」と頷《うなず》く。

「みんな、少し見ないうちにたくましい顔つきになったな！　朝のホームルームだが……連絡事項《れんらくじこう》は特になし！　早速《さっそく》、一限を始めようじゃないか！」

「「はいっ！」」

こうして千刃学院での、いつもの日常が帰ってきたのだった。

■

それから一か月ほどは、とても穏《おだ》やかな日々が流れた。

午前は基本的に魂装《こんそう》の修業。お昼休みは生徒会での定例会議。午後は筋力トレーニングと座学。放課後になれば、校庭で素振《すぶ》り部の活動。

全ての時間を剣術《けんじゅつ》に捧《ささ》げた、とても充実《じゅうじつ》した毎日だ。

十一月のとある日。

俺《おれ》・リア・ローズの三人は、理事長室へ呼び出された。

威圧感《いあつかん》のある黒塗《くろぬ》りの扉を開けるとそこには、ちょうど週刊少年ヤイバを読み終えたレイア先生がいた。

「っと、来たか。急に呼び出してすまないな」

彼女は仕事机から三枚のプリント用紙を取り出すと、それを俺たち三人へ配った。

(これは……履歴書《りれきしょ》?)

俺が首を傾げていると、

「今回呼び出したのは、他でもない――君たちを上級聖騎士の『特別訓練生』に推薦《すいせん》しようと思ってな」

「「「……特別訓練生?」」」

聞いたことのない言葉に、俺たち三人は同じ言葉を返した。

「あぁ、君らが知らなくとも無理はない。何せこれは、今年新設されたばかりの新しい制度だからな」

先生はコホンと咳払《せきばら》いをし、説明を始める。

「端的《たんてき》に言えば、これは五学院の成績優秀者《ゆうしゅうしゃ》を『聖騎士協会』が囲い込む制度だ。君らも知っての通り、最近の国際情勢はかつてないほど不安定になっている。そこで聖騎士協会は、よりよい人材を確保するためにとある制度を新設した――それが『特別訓練生制度』だ」

彼女は水の入ったグラスに口を付け、話を続ける。

「この制度の参加者は、休校日である土日に各支部へ配属される。そこで上級聖騎士と同じ修業《しゅぎょう》を積み、剣術の底上げと――聖騎士への理解を深めるというわけだ」

「なるほど……」

俺たち学生は、上級聖騎士と修業することで剣術を磨《みが》ける。

聖騎士協会は、有望な学生の囲い込みを図《はか》れる。

学生と聖騎士協会、双方《そうほう》にメリットのあるいい話だ。

「休日が両方とも潰《つぶ》れるため、なかなかハードな毎日になるだろう。当然、これは強制ではないが……。君たちにとって、益のある話だ。ぜひ前向きに検討してほしい」

先生はそう言って、話を終えた。

俺は同時に、静かに首を横へ振《ふ》る。

「とてもありがたいお話なのですが……。俺はリアやローズと違って、まだ魂装を発現していません。ですから、この話は受けることができません」

上級聖騎士になる条件として、『魂装を発現済み』というものがある。

これはきちんと明文化された規則であり、例外はただの一人としていないそうだ。

先生の提案を丁重《ていちょう》に断りながら、心の中で大きなため息をつく。

（はぁ……。もったいないな……）

夢の上級聖騎士へ手を伸《の》ばすチャンスをふいにしてしまった。

（『魂装』、か……）

いったいいつになったら習得できるのやら、自分の才能のなさが本当に恨《うら》めしい。

「あぁ、そんなつまらないことは気にしなくていい。私が聖騎士協会の上に、直接話を通しておこう」

先生は、まるでなんでもないことのように軽く言い放った。

「ほ、本当ですか!?」

「ふっ、『五学院の理事長』を舐《な》めるんじゃない。こう見えても私は、けっこう偉《えら》いんだぞ？ それになんと言っても、うちが送り出すのはアレン＝ロードルだ。『今世代最高の才能』を手にするチャンス――きっと向こうは、諸手《もろて》を挙げて喜ぶだろうな」

先生は優《やさ》しく笑っていたが……途中《とちゅう》から、彼女が何を言っているのか耳に入らなかった。それどころではないほど、俺の心の中では喜びの渦《うず》が巻き起こっていたのだ。

（や、やった……っ。やったよ、母さん……！）

上級聖騎士《せいきし》になれば、毎月安定した給金がもらえる。

そうすれば……女手一つで俺をここまで育ててくれた母さんに、今もゴザ村で毎日毎日必死に働く母さんに楽な生活をさせてあげられる。

そう考えるだけで、体の中を熱い何かが走った。

「ふむ、アレンは乗り気のようだが……。リアとローズはどうする？」

「アレンが行くなら、当然私も行くわよ」

「右に同じだ」

どうやら、リアとローズも一緒《いっしょ》に参加してくれるようだ。

「よし。先方には、私から連絡しておこう。君たちは明日の朝九時、先ほど配布した履歴書を持って、聖騎士協会オーレスト支部へ行ってくれ」

「はい！」

「わかったわ」

「承知した」

そうして俺たちは、理事長室を後にしたのだった。

■

翌朝。

俺・リア・ローズの三人は、揃って聖騎士協会オーレスト支部を訪れた。

平屋造りの大きな建物に入り、受付で履歴書を提出すると、上級聖騎士の稽古場《けいこば》へ通された。体育館ほどの広さがあるそこには、白い胴着《どうぎ》に身を包んだ剣士《けんし》が整列している。

（凄《すご》い人数だな……）

パッと見ただけで、軽く百人以上の剣士が目に入った。

受付の女性から聞いた話では、ここにいる人たちは全員上級聖騎士の『卵』――つまりは魂装を習得した下級聖騎士だ。

今日この場で行われる実践《じっせん》試験に合格すれば、上級聖騎士に昇格《しょうかく》できるらしい。

「なんかちょっと緊張《きんちょう》してきたわね……っ」

「うむ、異様な空気が漂《ただよ》っているな……」

試験前特有の独特な空気にリアとローズはゴクリと息を呑《の》む。

「とりあえず、俺たちも整列しておこうか」

「ええ」

「あぁ、そうだな」

それから待つこと三十分。

開始予定時刻の九時は、もうとっくの昔に過ぎており、にわかに周囲がざわつき始めた。

「……来ないな」

「どうしたのかしら？」

「体でも壊《こわ》したのだろうか？」

それからさらに十分ほどが経過したあるとき、稽古場の最奥《さいおう》にある扉《とびら》が乱暴に開かれた。

「あー、教官のドン＝ゴルーグだ。……ふん、揃いも揃って馬鹿みてぇな面《つら》をしていやがる」

ドン＝ゴルーグ。

白髪《しらが》交じりの角刈《かくが》り頭に黒い無精髭《ぶしょうひげ》。身長は百八十センチ台前半。年齢《ねんれい》は五十代半ばほどだろうか。眉間《みけん》に皺《しわ》の寄った厳《いか》めしい顔つき・巌《いわお》のように大きな体・他の下級聖騎士同様に真っ白い胴着を着ている。

なんとなくだけど、グラン剣術学院の先生たちと同じ空気を放っている気がした。

大遅刻《だいちこく》をした彼は、ボリボリと後頭部を掻《か》きながら、いきなり俺たちへ悪態をつく。

「まずはそうだな……。貴様等のつまらん履歴書に目を通す必要がある。その間は、馬鹿みたいに素振りでもしておけ」

「「「はいっ！」」」

下級聖騎士のみなさんは、はきはきとした返事をしたが……。

「……四十分も遅刻しておいて、あの偉そうな態度はなんなの……？　もしかして、燃やされたいのかしら？」

「ふむ、〈緋寒桜《ひかんざくら》〉の養分にするのもありだな」

人一倍プライドの高いリアとローズは、随分《ずいぶん》と物騒《ぶっそう》なことを口にしていた。

「ま、まぁまぁ落ち着いて……。とりあえず、言う通りにやってみないか？」

レイア先生の顔もある手前、さすがに初日から問題を起こすわけにはいかない。

俺はひとまず二人の気を静めて、大人しく素振りをすることにした。

「「「――セイッ！　ハァッ！　ヤァッ！」」」

正眼《せいがん》に構え、剣《けん》を掲《かか》げ、振り下ろす。

全員が剣を揃《そろ》え、ただひたすら同じ動作を繰《く》り返し続けた。

（……なんか、窮屈《きゅうくつ》だな……）

『剣術』とは本来、もっと自由で楽しいものだ。

誰《だれ》かに言われて、無理矢理に剣を振るわされるのは……違《ちが》う。

それから一時間、二時間と経過した頃《ころ》──一人また一人と手が止まっていった。

彼らの額には玉のような汗《あせ》が浮《う》かんでおり、苦しそうに肩《かた》で息をしている。

（素振りを始めてから、まだ三時間も経《た》っていないのに……。どこか、具合でも悪いのかな……？）

俺が彼らの容態を心配していると、

「──そこまでだ」

奥の扉が乱暴に開かれ、片手に酒瓶《さかびん》を握《にぎ》り締《し》めた教官が姿を見せた。

「なんだ、もう音を上げた軟弱者《なんじゃくもの》がいるのか……情けない！」

彼はそう言いながら、隅《すみ》で休んでいた下級聖騎士の腹部を蹴《け》り上げる。

「が、は……っ!?」

「──貴様等のような腑抜《ふぬ》けどもは、一生かかっても上級聖騎士になぞなれん！　さっさと荷物をまとめて帰れ！」

「「も、申し訳ございません……っ」」

素振《すぶ》りを途中でやめた下級聖騎士たちは、悔《くや》しそうな顔で稽古場を後にした。

（……見ていて、あまり気持ちのいいものじゃないな）

俺《おれ》がそんなことを思っていると、

「この中に一人……『異物』が交じっておる！」

教官は険しい表情のまま、大きな声を張り上げた。

「──アレン＝ロードル！　今すぐ前へ出ろ！」

「え、あ、はい……！」

「貴様……。自分が何をしたのかわかっているのか……？」

「何をと言われましても……素振り、でしょうか？」

ここへ来てからしたことと言えば、それぐらいしか思い当たらない。

「馬鹿が！　とぼけるのもいい加減にしろ！」

彼は怒鳴《どな》り付け、一枚の紙を突《つ》き付けてきた。

それはつい先ほど受付で提出した、俺の履歴書《りれきしょ》だ。

「氏名、アレン＝ロードル。最終学歴、千刃学院在学中。そして──魂装『未発現』。貴様、これはいったいどういうことだ？」

どうやら教官は、魂装を発現していない俺がこの場にいることに苛立《いらだ》っているらしい。

しかし、それについては話が通っているはずだ。

「あの、その件については理事長のレイア先生から話が──」

「――くだらん言い訳をするな！　魂装も使えん三流剣士が、誰に反抗《はんこう》しているんだ⁉

ええ⁉」

彼はこちらの説明をまったく聞こうともせず、ただひたすら怒鳴り散らすだけだった。

（これは……話をしても時間の無駄《むだ》だな）

この場は一旦《いったん》引いて、先生に相談してから出直した方がよさそうだ。

「……わかりました。失礼します」

俺がこの場を立ち去ろうとしたそのとき――我慢《がまん》の限界を超《こ》えたリアが口を開いた。

「いくらなんでも、ちょっと横暴過ぎませんか？　もう少しアレンの話を聞いて――」

「――誰が発言を許可したぁ！」

「きゃぁ⁉」

教官はあろうことか、リアをその手で突き飛ばした。

「……おい」

その瞬間《しゅんかん》、頭にカッと血が上り――稽古《けいこ》場全域を深く暗い闇《やみ》が覆《おお》い尽《つ》くす。

「ぬぅッ⁉」

「ひ、ひぃっ⁉」

「なんだこれ……⁉」

「この『闇』に『アレン＝ロードル』って……まさか、あいつ⁉」

ざわつく周囲の声を気にも留めず、俺はリアと教官の間に割って入り――『疑似的《ぎじ》な黒剣《こっけん》』を突き付けた。

「貴様ぁ……これはいったいなんのつもりだ？」

教官は眉尻《まゆじり》を吊《つ》り上げながら、腰《こし》に差した剣をスゥーッと引き抜《ぬ》く。

俺は沸々《ふつふつ》と湧《わ》き上がる怒《いか》りをなんとか抑《おさ》えながら、とある提案を持ち出した。

「――ドン教官、一つ勝負をしませんか？」

「勝負、だと？」

「ええ、一対一の真剣《しんけん》勝負です。もしも俺が負けたら――今後一生、聖騎士《せいきし》協会の門を叩《たた》きません。今すぐこの場を立ち去ります」

「ほう、それで……？」

「もしも、あなたが負けたそのときは――この場でリアに謝罪しろ」

「く、くくく……がっはははははははッ！」

いったい何がおかしいのか、彼は突然《とつぜん》大声をあげて笑い出した。

「馬鹿な男だ。この儂《わし》に剣を向けた時点で、貴様はもう『今後一生』上級聖騎士にはなれん！ なにせこの儂が、絶対に通してやらんからな！ だがまぁしかし……その無謀《むぼう》な挑戦《ちょうせん》はおもしろい！　受けてやろうではないか！」

教官は上の胴着を脱《ぬ》ぎ捨て、筋骨隆々《きんこつりゅうりゅう》の姿を見せ付けた。

「――かぁあああああああッ！」

凄《すさ》まじい雄叫《おたけ》びが響《ひび》き、濃密《のうみつ》な殺気が放たれる。

どうやら口だけではなく、ちゃんと実力もあるようだ。

「ふはは、儂の最大の楽しみを教えてやろう！　それはな――貴様のような身のほど知らずの跳《は》ねっ返りを痛め付け、泣いて許しを請《こ》わせることだ……！」

「残念ですが、女の子に手をあげるような『聖騎士崩《くず》れ』に負けるつもりはありません」

こうして俺は、聖騎士協会の教官ドン＝ゴルーグと剣を交えることになったのだった。

■

戦闘《せんとう》態勢に入った教官は、稽古場を覆い尽くす闇へ視線を向ける。

「ときに……この奇妙《きみょう》な『闇』はなんだ？」

「どうかお気になさらず、『魂装の成り損《そこ》ない』のようなものですから」

俺は正眼の構えを維持《いじ》したまま、短くそう答えた。

「くっ。そうかそうか、魂装のなり損ないか。貴様のような三流剣士《けんし》には、お似合いの力ではないか……！」

教官はひとしきり嘲笑《あざわら》った後、凄まじい雄叫びをあげて駆《か》け出した。

「かぁあああッ！　風山流《ふうざんりゅう》――山撃《さんげき》ッ！」

気迫《きはく》の籠《こも》った大上段からの斬《き》り下ろし。

俺はそれを――闇を纏《まと》った左腕《ひだりうで》で摑《つか》む。

「なん、だと……っ⁉」

教官は驚愕《きょうがく》に目を見開いたが、これは当然の結果だ。

「――すみません、真剣にやってもらえますか？」

今のは『偽《いつわ》りの一撃《いちげき》』だ。

気絶させないよう、すぐに勝負を終わらせないよう――俺を痛め付けるためだけに放った偽物《にせもの》。シドーさんやイドラの放つ、ただ相手を斬るために放った『本気の一撃』とはわけが違う。

「剣士の勝負は真剣勝負。――次は遠慮《えんりょ》なく斬らせていただきますね」

俺は最終警告を行い、彼の剣を離《はな》してあげた。

「こ、小癪《こしゃく》な……！」

教官は大きく後ろへ跳《と》び下がり、顔を真っ赤に染める。

「どこの馬の骨とも知れぬクソガキが……っ。この儂を愚弄《ぐろう》した罪、その体で償《つぐな》ってもらうぞ！」
次の瞬間、
「削《けず》れ――〈山岳の風《ヒリー・ウィンド》〉ッ！」
何もない空間から、赤銅色《しゃくどういろ》の長い剣が出現した。
（ようやく出したか）
霊核《れいかく》の一部を具象化した装備――魂装。
俺が今、必死に習得しようともがいている力だ。
「ふはは！　どうだ、羨《うらや》ましかろう？」
教官は邪悪《じゃあく》な笑《え》みを浮かべ、自慢気《じまんげ》に魂装を見せ付けた。
俺はその安い挑発《ちょうはつ》に取り合うことなく、〈山岳の風《ヒリー・ウィンド》〉を注視する。
（『風』と……あれは『砂』だな）
よくよく目を凝《こ》らせば、長剣《ちょうけん》の周囲には風と小さな砂の粒《つぶ》が渦巻《うずま》いているのが見えた。
彼の魂装は風と土、系統の異なる二種類の力を自在に操《あやつ》るものらしい。
さすがは上級聖騎士の教官、中々いい能力を持っている。
「くくく……っ。魂装の使えない落第剣士の『致命《ちめい》的な弱点』を教えてやろうか？」
教官は嗜虐《しぎゃく》的な笑みを浮かべながら、長剣をゆっくりと頭上に掲《かか》げた。

「……なんでしょうか？」

「ふっ、それはだな……遠距離攻撃《えんきょりこうげき》と圧倒《あっとう》的な手数だ！　砂剣の突風《サンド・ブラスト》ッ！」

彼が剣を振《ふ》り下ろせば、二十を超《こ》える砂剣《さけん》が俺のもとへ殺到《さっとう》した。

突風《どっぷう》の加速を得たそれは、まるで引き絞《しぼ》った矢のような速度で突き進む。

「確かに、その通りですね」

シドーさんの氷結槍《ひょうけつそう》。

クロードさんの〈無機の軍勢《アビオ・トゥループ》〉。

ドドリエルの暗黒の影《ダーク・シャドウ》。

俺みたく魂装を持たない剣士が手こずるのは、彼らの駆使《くし》する遠距離攻撃と圧倒的な手数だ。

しかし、それにはもう対応済みだ。

「――闇の影《ダーク・シャドウ》」

迫《せま》りくる二十以上の砂剣は、研《と》ぎ澄《す》まされた鋭利《えいり》な闇によって斬り捨てられた。

「なっ⁉」

「よしよし、いい感じだ」

俺の思い描《えが》いた通りに動く三本の闇――闇の影《ダーク・シャドウ》。

これはドドリエルの影をヒントにして、新たに編み出した技《わざ》だ。

（有効射程は、約二メートル。まだまだ発展途上《はってんとじょう》の技だけど……）

今の一幕を見る限り、手数の多い攻撃への防御《ぼうぎょ》手段として、十分に機能してくれそうだ。

「な、なんだその力は⁉」

教官は目を大きく見開き、空中に揺蕩《たゆた》う闇を指差した。

「さっきも言ったじゃないですか。魂装のなり損ない、ですよ」

手短に会話を打ち切り、重心を爪先《つまさき》へ移動させる。

「――それでは、次はこちらから行きますよ？」

「ぐっ……。貴様のような半端者《はんぱもの》、一刀のもとに斬り捨ててくれるわ！」

俺《おれ》は強く床《ゆか》を蹴《け》り付け、彼の懐《ふところ》へ――必殺の間合いへ侵入《しんにゅう》を果たす。

「は、速い⁉」

「ハァッ！」

左胸部を狙《ねら》った袈裟《けさぎ》斬り。

彼はそれに対して、剣を斜めに構えて防御したが、

「ぬぅぉ⁉」

俺の剣撃《けんげき》を受け止め切れず、大きく後ろへ吹《ふ》き飛ばされた。

「ぐっ、その細身のどこに……こんな力が……⁉」

教官は驚愕に目を見開きながら、その大きな体に見合わぬ滑《なめ》らかな動きで受け身を取る。

その着地際へ狙いを澄ませ、遠距離から斬撃《ざんげき》を差し込んだ。

「一《いち》の太刀《たち》――飛影《ひえい》ッ！」

「これしきの斬撃……効かぬわぁ！」

彼は力強く剣を振るい、漆黒《しっこく》の飛影を弾《はじ》き飛ばした。

しかし、それは想定の範囲《はんい》内だ。

「――でしょうね」

「んなっ⁉」

飛影の背に隠《かく》れた俺は、いとも容易《たやす》く間合いを詰《つ》めることに成功した。

『一の太刀』は、ダメージを与《あた》える技じゃない。目くらまし・牽制《けんせい》・間合いの調節などを目的とした補助的な小技《こわざ》だ。

「八《はち》の太刀《たち》――八咫烏《やたがらす》ッ！」

疑似的な黒剣を一閃《いっせん》し、八つの斬撃を解き放つ。

「ぐ、ぬ、ぉおおお……⁉」

教官は必死になって剣を振るい、なんとか五つの斬撃を斬り払《はら》うが……。

「ご、が……っ」

撃《う》ち漏《も》らした三つが、彼の右手と両足を捉《とら》えた。

「こ、の落第剣士が……ッ！」

彼は苦悶《くもん》に顔を歪《ゆが》めながら、大振《おおぶ》りの一撃を繰《く》り出す。

俺はバックステップを踏《ふ》み、余裕《よゆう》をもってその斬撃を回避《かいひ》した。

（傷は……かなり深そうだな）

あの足では、とてもじゃないが戦えないだろう。

「――勝負ありです。潔《いさぎよ》く負けを認めてください」

疑似的な黒剣を突《つ》き付け、淡々《たんたん》とそう告げると、

「……けるな」

教官は顔を下へ向け、小刻みに震《ふる》えながら、何事かを口にした。

「……？　なんですか？」

「――ふざけるなと言っておるのだ！　儂の半分も生きとらんクソガキが、偉《えら》そうな口を叩《たた》くでないわ！」

彼は大声で怒鳴《どな》り散らし、自らの魂装を稽古《けいこ》場に突き立てた。

「――暴風石破《ストーム・ストーン》ッ！」

まるで竜巻《たつまき》の如《ごと》き旋風《せんぷう》が、〈山岳の風《ヒリー・ウィンド》〉を中心に吹き荒《あ》れた。

微細《びさい》な砂粒《すなつぶ》の交ざった暴風、殺傷能力はそれなりに高いと言えるだろう。

(……厄介《やっかい》な技だな)

俺は飛び交《か》う砂粒を剣で弾きつつ、周囲の状況《じょうきょう》に目を配った。

暴風に乗った砂粒は、四方八方へ飛び散り――窓ガラスを粉砕《ふんさい》し、稽古場の床板《ゆかいた》を抉《えぐ》り、ありとあらゆるものを無差別に傷付けていく。

「もう、騒《さわ》がしい技ね……っ」

「かしましいこと、この上ない……な!」

リアとローズは剣を抜《ぬ》き放ち、吹きすさぶ烈風《れっぷう》と砂粒を見事にいなした。

その一方で、

「い、痛《いて》え……っ」

「助けてくれえ⁉」

下級聖騎士《せいきし》たちは、飛び交う砂粒を捌《さば》き切れず、次々に悲痛な叫《さけ》びをあげる。

「ふははは! 恨《うら》むならこの儂《わし》を本気にさせた、そこの落第剣士を恨むがいい! そおらまだまだ出力を上げていくぞ! ――暴風石破《ストーム・ストーン》ッ!」

教官は高笑いをあげ、霊力《れいりょく》の放出を強めていく。

視界は風と砂の暴力に埋《う》め尽《つ》くされ、回避の余地がない全方位攻撃が吹き荒れた。

（まったく、面倒《めんどう》なことをしてくれるな……）

俺は仕方なく闇《やみ》の出力を一気に引き上げ――リアとローズ、それから下級聖騎士全員に『闇の衣《ころも》』を纏《まと》わせた。

その結果、

「ば、馬鹿な……!?」

この場にいる全員が、暴風石破《ストーム・ストーン》を無傷で凌《しの》いだ。

「その反応を見る限り、今のが『切り札』ということでしょうか？」

風と砂による無差別攻撃。

集団戦では恐《おそ》ろしい威力《いりょく》を発揮するだろうけど、個人戦向けの技じゃない。

「あ、あり得ん……。この儂が、こんな三流剣士《けんし》なんぞに……っ」

彼は前後不覚といった様子で、静かに崩《くず》れ落ちた。

「勝負ありです。さぁ、リアに謝ってください」

俺が剣を鞘《さや》に納めたその瞬間《しゅんかん》、

「ふはは、隙《すき》ありぃ！　風山流奥義《おうぎ》――崩落山《ほうらくざん》ッ！」

彼は勢いよく立ち上がり、殺意の籠《こも》った袈裟斬りを繰り出した。

（はぁ……。『納刀状態』というのは、隙じゃないんだけどな……）

あまりにも愚《おろ》かな行動に対し、俺は最速の斬撃をもって応じる。

「七《なな》の太刀《たち》――瞬閃《しゅんせん》」

鞘の中で加速させた剣が煌《きら》めき、魂装〈山岳の風《ヒリー・ウィンド》〉は真っ二つに両断された。

「な、ぁ……!?」

教官は今度こそ言葉を失い、膝《ひざ》を突いた。

すると、稽古場から大きな拍手《はくしゅ》が巻き起こる。

「研ぎ澄まされた剣術《けんじゅつ》に圧倒的な霊力、そして何より――世にも珍《めずら》しい『闇』の力
……！　これはもう間違《まちが》いない！　あなたはあのアレン＝ロードルですね!?」

「け、剣王祭《けんおうさい》の試合、観客席から見ていました！　めちゃくちゃかっこよかったです！」

「どうか、俺に剣術を教えてくれないでしょうか！　それと……後でサインをいただけませんか!?」

下級聖騎士のみなさんは、キラキラと目を輝《かがや》かせながら、こちらへ駆《か》け寄ってきた。

「あ、あはは……。その話はまた後で、ということで……」

やんわりと彼らの願いを断り、四《よ》つん這《ば》いになった教官へ目を向ける。

「あり得ない……。これはきっと何かの間違いだ……っ。この儂が……魂装も使えぬ落第

剣士に敗れるなど……。そんなこと、あるはずがないのだ……っ」

彼はまるでうわ言のようにブツブツと呟《つぶや》きながら、虚《うつ》ろな瞳《ひとみ》で折れた魂装を見つめていた。『落第剣士』と蔑《さげす》んだ相手に敗北したショックが大き過ぎて、心の整理が追いついていないようだ。

「――ドン＝ゴルーグ教官、負けを認めてもらえますね？」

「ぐ、ぅ、ご……。……儂が……悪かった……っ。どうか、許してくれ……」

彼は歯を食いしばり、固く拳《こぶし》を握《にぎ》り締《し》めた後、ポツリポツリと謝罪の弁を述べた。

こうして無事にドン＝ゴルーグを打ち倒《たお》した俺は――大きくため息をつく。

(はぁ……。この後どうしようかな……)

荒れ果てた稽古場。満身創痍《そうい》の教官。そして――無傷の俺。

(協会の人に、なんて説明をすればいいんだろうか……)

初日から大きな問題に巻き込まれた俺は、『事後処理』と『協会への説明』に頭を悩《なや》ませるのだった。

■

ボロボロになった稽古場を見つめ、なんと説明したものかと考えていると――部屋の外から、いくつもの足音が聞こえてきた。

おそらく窓ガラスの割れる音を聞いた聖騎士協会の職員が、慌《あわ》ててこちらへ向かっているのだろう。

（とりあえず、そのまま説明するしかないよな……）

信じてもらえるかどうかはわからないけど、ありのまま今起きたことを話そう。

俺が考えを固めた頃《ころ》、一人の男が稽古場に入ってきた。

「――ちょっとなんなんすか？　今の音……は？」

ピエロを想起させる奇抜《きばつ》な衣装《いしょう》に身を包んだ彼は、惨憺《さんたん》たる有様《ありさま》の稽古場を見て、ポカンと口を開けた。

なんとも言えない重苦しい空気が流れる中、

「し、支部長……っ」

下級聖騎士の一人が、ポツリとそう呟いた。

（『支部長』ということは、彼がクラウン＝ジェスターさんか……）

クラウン＝ジェスター。

薄紫《うすむらさき》の長い髪《かみ》。身長は百八十センチ半ばほどで、線の細い体付きをしている。外見年齢《ねんれい》は三十代前半ぐらいだろうか。鋭《するど》い目・柔和《にゅうわ》な口元・通った鼻筋、一見すると人の好《よ》さそうな、よくよく注視すると冷たそうな……なんとも言えない顔つきだ。

右頬《みぎほお》に赤いスペード、左頬に黒いハートが描《えが》かれており、それがとてもよく目立つ。全身に纏うのは、ピエロを模した奇抜な衣装。頭には羽飾りのついた中折《なかお》れ帽子《ぼうし》をかぶっている。

見かけで判断するのはよくないけど……どことなく胡散臭《うさんくさ》い感じの空気を纏った人だ。

確か「ちょうど一週間ほど前、聖騎士協会オーレスト支部の支部長に着任したばかりの男だ」と、レイア先生が話していたっけか。

「えーっと……。すみません、誰《だれ》か事情を説明してもらってもいいっすかね……？」

クラウンさんは苦笑いを浮《う》かべながら、困ったように周囲を見回した。

「――そ、そこのクソガキがいきなり暴れ出したんだ！」

教官はこちらを指差し、とんでもないことを叫んだ。

「彼が、ですか？」

クラウンさんの視線が、俺《おれ》の方へ向けられる。

「あぁそうだ！　気を付けろよ、支部長。あんな小せぇ体の癖《くせ》して、鬼《おに》のように強《つえ》ぇんだ

……！」

口から出まかせを並べ立てる教官に対し、リアとローズがすぐに抗議《こうぎ》の声をあげた。

「ちょっと、ふざけたこと言わないでよ！　勝手に大暴れして、稽古場をボロボロにした

のはあなたでしょう⁉」

「先に手を出したのも、そちらからだと記憶《きおく》しているが？」

「ぐ、ぐぬぬ……っ」

一対二。数の上で不利な立場となった教官は、まるで恐喝《きょうかつ》するかの如く、下級聖騎士たちを睨《にら》み付けた。

「──な、なぁ！　お前たちも見ていただろう⁉　そのクソガキが、急に暴れ出したのを！　……なぁおい、見てたよなぁ⁉」

「「……っ」」

誰の目にも明らかな脅《おど》し。

それを受けた下級聖騎士たちは、その圧力に萎縮《いしゅく》して口をつぐんでしまった。

（……まぁ、無理もないか）

彼らにとっては、この教官が直属の上司だ。

それに逆らってまで、見ず知らずの俺を庇《かば》うメリットはない。

（しかしそうなると、一気にこちら側が不利だな……）

ドン＝ゴルーグは、腐《くさ》ってもここの教官だ。

お互《たが》いの発言しか証拠《しょうこ》のないこの状況……。

オーレスト支部の支部長としては、当然部下の言うことを信じるだろう。

（さて、どうしたものか……）

俺が頭を捻《ひね》りながら、いい打開策を探していると、

「――ち、違《ちが》います！　この部屋を壊《こわ》したのは……ドン教官です！」

とある下級聖騎士が、大きな声で真実を叫んだ。

「あ、あぁ！　俺もしっかりとこの目で見たぜ！　教官が大暴れして、この稽古場をぶっ壊したんだ！」

「クラウン支部長！　悪いのは全部、教官なんだよ！」

一人の声が呼び水となり、周りのみんなも一斉《いっせい》に真実の声をあげてくれた。

「き、貴様等ぁ……！」

教官が鬼の形相で下級聖騎士たちを睨み付けたそのとき、

「――ドンさん、あなたが大暴れしたというのは本当っすか？」

感情の読み取れない表情で、クラウンさんは淡々《たんたん》とそう問い掛《か》けた。

「た、確かに……そいつは事実だ。だけど、仕方のないことだった！　なにせあのクソガキどもが、この儂に向かって生意気な口を利《き》いたんだからな！」

「……なるほど。ちなみに……そこに置かれた酒瓶《さかびん》、あなたのっすか？」

「ん……？　あぁ、それがどうかしたか？」

「『聖騎士就業規則』では、職務遂行《すいこう》中の飲酒は禁止されています。ご存じっすよね？」

聖騎士就業規則、全世界で統一されている聖騎士の職務規定だ。

「ふんっ、そんなくだらん規則知ったことか。儂がここで何十年教官を務めていると思っているんだ？　ここでは『儂が規則』！　前の支部長のときも、その前の支部長のときも——ずっとそうだった！」

鼻息を荒《あら》くする教官に対し、クラウンさんは肩《かた》を竦《すく》めた。

「ふぅ……了解《りょうかい》しました。それでは——ドン＝ゴルーグ教官、今日付けであなたを解任します」

「なん、だと……？」

「解任通知書はご自宅に送付させていただきます。長い間、ご苦労様でした」

クラウンさんは帽子を取って一礼すると、『もう話すことはない』と言わんばかりに教官の横を素通《すどお》りした。

「……先週赴任《ふにん》してきたばかりの若造が……わかったような口を利くんじゃねぇ！　——砂剣《サンド・ブラスト》の突風ッ！」

激昂《げきこう》した教官は折れた魂装を振《ふ》り回し、二十を超《こ》える砂の剣《けん》をクラウンさんへ放つ。

「支部長、危ない！」

悲鳴のような声があがったそのとき、

「……まったく、鈍《にぶ》い人っすねぇ。『力の差』もわかんないんすか？」

砂の剣は、まるで見えない壁《かべ》にぶつかったように砕《くだ》けた。

しかも、ことはそれだけにとどまらない。

「なん、だ……これは……!?」

教官はまるで上から押さえ込まれるようにして、その場にうずくまってしまった。

「ぐ、ぬ、ぉおおお……ッ！」

彼はなんとか起き上がろうとして、必死にもがいているようだったが……。

よほど凄《すさ》まじい力が降り注いでいるのか、立ち上がることはおろか、指一本として動かせずにいた。

(これは『重力』か……？　いや、違うな)

謎《なぞ》の力の影響《えいきょう》を受けているのは、教官の体のみ。

もしも重力で押さえ付けているのならば、その周囲にあるバキバキになった床《ゆか》がもっと軋《きし》みをあげるはずだ。

(この人……ふざけた格好をしているけど、かなり強いぞ……っ)

張り詰《つ》めた空気の流れる中、クラウンさんは軽い調子で微笑《ほほえ》む。

「――ドンさん、お掃除《そうじ》の邪魔《じゃま》っす。さっさと『さいなら』してくださいな」

その言葉と同時に、謎の力から解放された教官は、キッとこちらを睨み付けた。

「……畜生《ちくしょう》……っ。覚えていろよ、アレン、、、アレン＝ロードル、……！」

彼はそう吐《は》き捨てて、稽古《けいこ》場を飛び出していく。

「え、ええ……」

何故《なぜ》か俺だけ恨《うら》みを買ってしまったらしい。

どこからどう見ても完全に八つ当たりだが……。まぁ文句を言ったところで仕方がない。

（はぁ……面倒《めんどう》なことをしてこないといいんだけどな）

俺がポリポリと頰を掻《か》くと、

「あなたがアレン＝ロードルさんっすね？　いやぁ、お噂《うわさ》はかねがね聞いております。ようこそ、聖騎士《せいきし》協会オーレスト支部へ」

クラウンさんは柔《やわ》らかい笑《え》みを浮かべ、右手を差し出してきた。

「こちらこそ、よろしくお願いします」

俺はその手を取り、友好の握手《あくしゅ》を結ぶ。

「……おやおや、これはまた随分《ずいぶん》と『いい手』をしていますねぇ」

クラウンさんの目がスゥッと細まり、「納得《なっとく》した」とばかりに小さく頷《うなず》いた。

「さて、いろいろとお話ししたいこともあるんすけれど……」

彼は荒《あ》れ果てた稽古場を見回し、苦笑いを浮かべる。

「とりあえず……お掃除、手伝ってもらってもいいっすかね？」

「はい、もちろんです」

それから俺たちは、クラウンさんと一緒《いっしょ》に箒《ほうき》と塵取《ちりと》りを持って、稽古場を綺麗《きれい》にしたのだった。

■

稽古場の大掃除を終えた俺・リア・ローズの三人は、支部長室に集まっていた。

「ささっ、どうぞみなさん。遠慮《えんりょ》なく座っちゃってくださいな」

クラウンさんはそう言って、部屋の中央に置かれたソファを指す。

「失礼します」

俺たちがゆっくりソファに腰《こし》掛けると、

「――どうぞ、柑橘水《かんきつすい》です」

支部長室で待機していた女性が、目の前のテーブルに四人分のグラスを並べた。

おそらく、クラウンさんの秘書のような人だろう。

「あっ、ありがとうございます」

三時間ほどの素振《すぶ》りをこなし、いい具合に喉《のど》が渇《かわ》いていた俺たちは、ありがたくいただくことにした。

「……！　これはおいしいな！」

「んーっ！　さっぱりした後味がちょうどいいわね！」

「あぁ。修業《しゅぎょう》後には持って来いの一杯《ぱい》だな」

俺たちが柑橘水を堪能《たんのう》していると、対面のソファにクラウンさんが腰《こし》を下ろした。

「よっこらせっと。いやぁ、すみませんね。何やら、初日から大きな迷惑《めいわく》を掛けてしまったみたいで……。聖騎士協会は古い体質の組織なんで、たまにああいうのが、いるんすよ」

彼は困り眉《まゆ》を作りながら、先ほどの一件を謝罪する。

ピエロのような奇抜《きばつ》な格好をした人だけれど、今のところはとても常識的な対応だ。

「いえ、お気になさらないでください」

ドン＝ゴルーグについての話を軽く流したところで、クラウンさんはパンと手を打った。

「さて――ちょっと順番が前後してしまいましたが、自己紹介《しょうかい》といきましょうか」

彼は中折《なかお》れ帽子《ぼうし》を取り、恭《うやうや》しくお辞儀《じぎ》をする。

「ボクは聖騎士協会オーレスト支部の支部長、クラウン＝ジェスター。つい一週間ほど前にここへ赴任したばかりなんで、右も左もわかんない状況《じょうきょう》っす！　よろしくお願いしますね！」

彼はちょっとした冗談《じょうだん》を挟《はさ》み、柔和《にゅうわ》な笑みを浮《う》かべた。

なんというか、なかなか摑《つか》めない空気感の人だ。

「――千刃学院から参りました、アレン＝ロードルです。よろしくお願いします」

「リア＝ヴェステリアです。よろしくお願い致《いた》します」

「ローズ＝バレンシアだ。よろしく頼《たの》む」

お互いに自己紹介を済ませたところで、クラウンさんは大きく息を吐き出した。

「いやぁ、それにしても驚《おどろ》きましたよ。まさか本当にこんな『大物』を寄こしてくるとは……。太っ腹っすねぇ、千刃学院さんは！」

「……大物？」

「またまたぁ、アレンさんのことっすよ？　剣王祭であの『神童』イドラ＝ルクスマリアを破った、闇《やみ》の剣士《けんし》アレン＝ロードル。その名を知らない人は、もうこの国にはいないんじゃないっすかねぇ……」

いったい何がそんなに楽しいのか、彼はニィッと口角を吊《つ》り上げる。

「それに……リアさんとローズさんについても、お噂はかねがね耳にしております。ヴェステリア王国の『黒白《こくびゃく》の王女』、桜華一刀流《おうかいっとうりゅう》の『賞金狩《が》り』。そして何より――『アレン＝ロードル』。いやぁ、三人揃《そろ》うとさすがに壮観《そうかん》っすねぇ……！」

クラウンさんは「眼福眼福」と言って、手を擦《こす》り合わせた。……よく喋《しゃべ》る人だ。

「と・こ・ろ・で――実はみなさんにちょっとしたご提案があるんですが……。ズバリ『遠征《えんせい》任務』とかって、興味ないっすかね？」

「遠征任務、ですか？」

「簡単に言えば……国外に出て、上級聖騎士の仕事をするんすよ！」

「こ、国外……!?」

「あはは、何もそんな遠い国へって話じゃないですよ？　飛行機でだいたい一、二時間ぐらいの場所を考えています」

国外遠征。それに全く興味がないと言えば……嘘《うそ》になってしまう。

この目で広い世界を見て、この足で未踏《みとう》の地を踏《ふ》み、この腕《うで》でまだ見ぬ強敵と剣術《けんじゅつ》を競《きそ》う。一人の剣士として、そういった夢や野心のようなものは確かにある。

だけど、千刃学院の授業を蔑《ないがし》ろにするわけにはいかない。

「とても魅力《みりょく》的なご提案ですが、俺《おれ》たちには学校の授業がありますので……」

「それについては心配ご無用。千刃学院には数日後、一週間ほどの『秋休み』があったはず。今回の国外遠征は、その期間を利用した『プチ遠征』っす！」

「な、なるほど……」

クラウンさんの言う通り、それなら確かに問題はないが……。

少しばかり、引っ掛かることがあった。

「あの、どうしてそんなに国外遠征を推《お》すんでしょうか？　オーレスト支部で修業をするのでは、何か不都合でもあるんですか？」

その質問を投げた瞬間《しゅんかん》、彼の眉尻《まゆじり》がピクリと動く。

「……いい質問っすねぇ……。まぁ包《つつ》み隠《かく》さずに言わせてもらえば、君たちが修業を積む場として、ここは力不足なんですよ」

クラウンさんは困った表情を浮かべ、「ここから先の話は、オフレコでお願いしますね」と前置きする。

「ぶっちゃけてしまうと、『支部』に勤務している上級聖騎士は大したことありません」

「そ、そうなんですか？」

「はい。優秀《ゆうしゅう》な上級聖騎士たちは、国外遠征に行っていたり、聖騎士協会の『本部』勤めだったり、政府の護衛任務に就《つ》いています。まぁちょっと悲しい話ですが、ボクを含《ふく》めて『支部の聖騎士』は取るに足らない剣士なんすよ」

クラウンさんは「およよよよ……」と言って、わざとらしく悲しそうな顔を作った。

「っとまぁ、こういう理由がありましてね！　アレンさんたちには、遠征任務をお願いできればなぁと思っています。ちなみに……遠征先としては、『晴れの国ダグリオ』を予定しています。あそこは比較的《ひかく》落ち着いていて、初の遠征任務の行き先としては、悪くない場所っすよ！」

「晴れの国ダグリオ……」

国外遠征の話を一通り聞いた俺は、リアとローズに目を向ける。

すると二人は、力強くコクリと頷いた。どうやら、考えは同じようだ。

「――わかりました。せっかくの機会ですし、ぜひ遠征に行かせてもらえればと思います」

「よし、決まりっすね！　それじゃ秋休みまでの間は、上級聖騎士の職務についてお勉強しましょう！　まずは……そうですね、受付に行って軽い講義を受けてもらっていいっすか？　聖騎士就業規則や主な職務などを解説した、三十分ぐらいの短いやつっす」

「はい、わかりました」

こうして俺たちは次の秋休み、一週間ほどの国外遠征に出向くこととなったのだった。

■

アレンたちが支部長室を退出した後——クラウンの秘書を務める女性は、恐《おそ》る恐るといった風に問い掛《か》けた。

「あの……クラウン支部長、本当によかったんですか？」

「んー、何のことっすか？」

「『晴れの国ダグリオ』って、近々極秘の殲滅作戦が実施《じっし》される紛争《ふんそう》地帯ですよね？　あんなところに学生を送り込むなんて、ちょっと危険過ぎるかと思うのですが……」

「あはは、あの三人なら大丈夫《だいじょうぶ》ですよ。なにせ——一億年ボタンの呪いを打ち破った超越者様がいるんっすから！」

■

支部長室を後にした俺たちは受付へ向かい、そこで三十分程度の講義を受けた。

内容は大きく分けて二つ、『聖騎士就業規則』と『聖騎士の職務』についてだ。

聖騎士就業規則は、全世界で統一された聖騎士の職務規定。

聖騎士が保持すべき職務倫理《りんり》や服務中の禁止事項《じこう》などなど、受付の女性からいろいろと説明してもらった。

次に聖騎士の職務。

聖騎士協会は国際的な刑事《けいじ》警察組織であり、その目的は恒久《こうきゅう》平和の成就《じょうじゅ》。

聖騎士《せいきし》はこの崇高《すうこう》な目的を達成するため、日々治安維持《いじ》と犯罪防止に努め、多岐《たき》にわたる職務を強い責任感をもって為《な》さなければならない――という話だ。

「――はい、これで基本的な講義は終了《しゅうりょう》となります。ご清聴《せいちょう》いただきありがとうございました。より詳《くわ》しいことについては、こちらの『聖騎士読本』に記されておりますので、ご自宅に帰ってからお読みください」

彼女はそう言って、まるで鈍器《どんき》のような読本を渡《わた》してくれた。

こうして簡単な講義を受講し終えた俺たちはその後――上級聖騎士と一緒《いっしょ》に修業をしたり、街の巡回《じゅんかい》に帯同したりして、『特別訓練生』として活動した。

時は流れ、夜の七時。

初日の活動を終えた俺たち三人は、千刃学院の寮《りょう》へ向かっている。

「んー、なんだかちょっと拍子抜《ひょうしぬ》けだったわね……」

「あぁ、修業の強度も軽かった……。正直、まだまだ動き足らんぞ」

リアとローズは、ちょっとした不満を漏《も》らした。

（まぁ確かに、予想していたよりもずっと楽だったな……）

素振りもたったの三時間ほどだったし、その後の修業も少し物足りなかった。

「これは国外遠征を選んで正解だったかもな」

「そうね。クラウンさんの話じゃ、国外の上級聖騎士はみんなとても優秀だって話だし、きっといい経験になるわ！」

「ふっ、楽しみになってきたな」

いい具合に盛り上がってきたところで、ちょっと気になっていたことを聞いてみる。

「遠征先は『晴れの国ダグリオ』だったよな。いったいどんなところなんだろう？」

リーンガード皇国から、飛行機で二時間ほどの距離《きょり》にあるらしいが……。そんな名前の国は聞いたことがない。

「ふむ、私もダグリオという国名に聞き覚えはないな……」

ローズは顎《あご》に左手を添《そ》えながら、小さく首を横へ振《ふ》った。

一方のリアは「んーっ」と唸《うな》り声をあげながら、古い記憶《きおく》の糸を手繰《たぐ》り寄せるようにして口を開く。

「私の記憶が正しければ……。晴れの国ダグリオは、ここから南西方向にある小さな国よ。とても平和なところで、確か永代中立国を謳《うた》っていたっけかしら……？」

「さすがはリア、物知りだな」

「ふふっ、ありがと。えーっとそれからね……確かダグリオは、農業が盛《さか》んな国として有名だったはずよ。穏やかな日差しのもとで育ったそこの作物は、『晴れの恵《めぐ》み』と呼ばれていて、とってもおいしいと評判なんだって」

「……へぇ、それは楽しみだ」

俺はゴザ村という農業が盛んな……というか、それ以外には何もない辺境の地で育った。

一人の農民として、自分たちの育てた作物には自信と誇《ほこ》りがある。

ゴザ村で採れた野菜は栄養満点でこれ以上ないほどの鮮度《せんど》だし、牛乳には濃厚《のうこう》なコクと旨《うま》みが詰《つ》まっているし、家畜《かちく》の肉は健康的でどこまでも自然な味わいがある。

（ゴザ村の作物とダグリオで採れた『晴れの恵み』、果たしてどちらがおいしいのか……。これは少し確かめる必要があるな……）

そうして俺が密《ひそ》かに対抗心《たいこうしん》を燃やしていると、

「あれ？　でも、んー……？」

リアは小首を傾げながら、悩《なや》ましげな声をあげ始めた。

「どうかしたのか？」

「なんか、ちょっとおかしいのよね。今思えばここ数年、『ダグリオ関連』のニュースを全く聞かないの。私が今さっき話したのも、小さい頃《ころ》に読んだ古い書物に記されていたことよ」

「むむぅ……っ」と思考を巡《めぐ》らすリアに対し、ローズは軽い調子で意見を述べる。

「それはきっと、他の『大きなニュース』に埋《う》もれてしまっているんじゃないか？」

最近の国際情勢は、かつてないほどに不安定だ。

活発な動きを見せる黒の組織、それを裏で操《あやつ》る神聖ローネリア帝国《ていこく》。

密に連絡《れんらく》を取り合い、関係を強化する主要五大国。

各国へ優秀な剣士《けんし》を送り込み、治安維持に努める聖騎士協会。

様々なスクープが毎日のように飛び交《か》う中、平和な小国の話題はあまり紙面に取り上げられないだろう。

「なるほど……うん、確かにそうかもしれないわね」

リアの不安が解消されたところで、ローズは足を止めた。

「私の寮はここだ。アレン、リア、おやすみ」

「おやすみ、ローズ」

「おやすみなさい、ローズ」

その後、俺とリアはいつものように二人の寮へ戻《もど》り、同じベッドでぐっすりと眠《ねむ》ったのだった。

■

数日後、ようやく迎《むか》えた秋休み初日。

俺たち三人は聖騎士協会オーレスト支部の所有する飛行機に乗り込み、リーンガード皇国を発《た》った。

二時間ほど揺《ゆ》られた先には――しとしとと雨の降り注ぐ、晴れの国ダグリオがあった。

「……雨、だな」

俺《おれ》がポツリと呟《つぶや》けば、

「あぁ、気が重くなるような陰鬱《いんうつ》とした雨だ……」

ローズは分厚い雲に覆《おお》われた空を見上げながら、コクリと頷《うなず》く。

「あ、あれ……おかしいなぁ……？」

リアはポリポリと頬《ほお》を掻《か》きながら、困り顔でそう呟く。

自分の記憶していたダグリオと現在のダグリオ、そこに生まれた大きなギャップに困惑《こんわく》しているのだろう。

（しかし、これはどういうことだ……？）

足元の土は粘土《ねんど》状にまで緩《ゆる》み、遠くに見える山は赤茶けた地層を露出《ろしゅつ》させていた。

きっとこの雨は、昨日今日のものじゃない。おそらくは一か月、下手をすれば一年以上――相当長い間、ずっと降り続いていると見て間違《まちが》いないだろう。

これでは『晴れの国』ではなく、『雨の国』と呼んだ方が適切だ。

「アレンさん・リアさん・ローズさん、お待ちしておりました。さっ、どうぞこちらへ」

現地の聖騎士の案内を受け、俺たちは上級聖騎士が駐在《ちゅうざい》しているという建物へ向かう。

ぬかるんだ道をしばらく歩けば、海辺にそびえ立つ大きな木造の平屋に到着《とうちゃく》した。

どうやら彼らは、ここを拠点《きょてん》として活動しているようだ。

建物正面に取り付けられた大きな扉《とびら》を開けるとそこには、真っ白な制服に身を包んだ上級聖騎士たちの姿があった。

「……ん？ ありゃ確か、千刃学院の制服だな……。ってことは――おぉっ⁉ あんたらが噂《うわさ》の『超《ちょう》強い援軍《えんぐん》』か！」

「クラウン支部長から聞いたぜ？ なんでもあの黒拳《こっけん》レイア＝ラスノートの秘蔵《ひぞ》っ子《こ》だってな！」

「明日はいよいよ『殲滅《せんめつ》作戦』の決行日だ。貴殿等《きでんら》の力を頼《たよ》りにしているぞ」

上級聖騎士たちがワラワラと集まり、期待の籠《こも》った目でこちらを熱く見つめた。

「え、援軍……？ 殲滅作戦……？」

「ねぇ、なんか猛烈《もうれつ》に嫌《いや》な予感がするんだけれど……」

「あぁ、私もだ……」

異様なテンションと不穏《ふおん》な言葉の数々に俺たちが困惑していると、部屋の最奥《さいおう》に立っていた大きな男性が、ゆっくりとこちらへ歩み寄って来た。

「――ようこそ、聖騎士協会ダグリオ臨時支部へ。俺はここの臨時支部長ベン＝トリオックだ。よろしくな！」

ベン＝トリオック。

清潔感のあるスキンヘッド。身長は百八十センチ半ばほど。年齢《ねんれい》は三十代後半ぐらいだろうか。彫《ほ》りの深い顔・右の頬に刻まれた古い太刀傷《たちきず》・小麦色に焼けた肌《はだ》、制服の上からでもわかるほどに隆起《りゅうき》した筋肉。

なんというか、とても『密度』の高い人だ。

ベンさんは味のある笑《え》みを浮《う》かべ、深みのある低い声で名を名乗った。

「アレン＝ロードルです。こちらこそよろしくお願い致《いた》します」

「リア＝ヴェステリアです。よろしくお願いします」

「ローズ＝バレンシアだ。よろしく頼《たの》む」

手短に自己紹介《しょうかい》を済ませたところで、俺は先ほど耳にした物騒《ぶっそう》な言葉について問う。

「あの、すみません。『殲滅作戦』って、なんですか？」

「ん……？　なんだ、クラウンから何も聞いてねぇのか？」

「一応あの人からは、『ダグリオは比較《ひかく》的落ち着いた場所』だと聞いて来たんですが……」

俺の記憶が正しければ……。

【あそこは比較的落ち着いていて、初の遠征《えんせい》任務の行き先としては、悪くない場所っすよ！】

彼は確か、このように言っていたはずだ。

「はぁ……。まったく、クラウンの奴《やつ》は相変わらずだな……」

ベンさんは髪《かみ》のない頭をガシガシと掻き、「まぁいい」と言って話を始めた。

「残念ながら、ここ『晴れの国ダグリオ』はバッチバチの紛争《ふんそう》地帯。穏《おだ》やかなんて言葉とは、対極に位置する場所だ」

「「「……え？」」」

その信じられない発言に、俺たち三人は固まってしまった。

「この国は、数年前から黒の組織に支配されちまっていてな……。それ以来、毎日毎日ドンパチやり合ってんのさ」

「で、でも……そんなニュースは聞いたことがありませんよ!?」

リアは身を乗り出して、信じられないといった風に声をあげる。

たとえ小国とはいえ、一つの国が黒の組織に攻め落とされた。

それは間違いなく、号外が配られてもおかしくないほどの大事件だ。

「本件については、聖騎士《せいきし》協会と主要五大国が情報統制を掛《か》けているからな。初耳だってのも仕方のねぇ話だ」

ベンさんは肩《かた》を竦《すく》めながら、えらく規模の大きなことを口にした。

「じょ、情報統制……」

「まっ、当然の措置《そち》だな。国一つが落とされたとあっちゃ、世界中がパニックになっちまう。表沙汰《おもてざた》にゃできねぇよ」

確かにその通りだ。

「さて、そんじゃもう少し掘《ほ》り下げて話しておこうか。この晴れの国ダグリオの――悲惨《ひさん》な現状をな」

彼は真剣《しんけん》な表情で、ゆっくりと語り始めた。

「数年前――黒の組織は突如《とつじょ》ダグリオへ侵攻《しんこう》し、圧倒《あっとう》的な力をもって実効支配した。これを重く見た聖騎士協会は、すぐさま上級聖騎士を派遣《はけん》したが……。敵の戦力は想定を大きく上回り、第一陣《じん》は壊滅《かいめつ》的被害《ひがい》を受けて撤退《てったい》。続けざまに第二陣・第三陣を送り込むことで、なんとか国土の南部三割の奪還《だっかん》に成功したが……。それより北の七割は、いまだ奴等に支配されたままだ」

ベンさんはそう言って、小さく頭を横へ振る。

「黒の組織に支配された村々は……はっきり言って『地獄《じごく》』だ。えげつない重税を課せられ、人を人とも思わぬ酷《ひど》い扱《あつか》いを受けている。こうしている今もな……っ」

彼は固く拳《こぶし》を握《にぎ》り締《し》め、ポツリポツリと言葉を紡《つむ》ぐ。

その瞳《ひとみ》の奥には、燃えるような憤怒《ふんぬ》が渦巻《うずま》いていた。

どうやらこの人は、とても真《ま》っ直《す》ぐで心根の優《やさ》しい人のようだ。

「俺たち『第五陣』がここへ配属されて三年……。ようやく、聖騎士協会の上層部から『殲滅作戦』が伝達された。目標はダグリオ最北端《さいほくたん》に位置する王城、そこに居座《いすわ》る神託《しんたく》の十三騎士《きし》。まぁ早《はえ》え話が『敵の本陣《ほんじん》を一気に攻め落とし、その勢《せ》いのままダグリオ内の残党を殲滅せよ』とのことだ。へへっ、わかりやすくて最高だぜ！」

ベンさんが「なぁ、お前ら！」と声をあげれば、「おぅ！」と野太い低音が返ってきた。

上級聖騎士たちの士気は、とても高いらしい。

「後、他に話しておくべきことは……あぁ、そうだ。『晴れの国』に降り注ぐ、このうざったらしい雨なんだが……。救出されたダグリオ国民の話によれば、黒の組織に支配されたその日から、ずっとこの調子だそうだ。おそらくこれは、魂装によって生み出された人工的な雨。天候を変えるほどの強大な力から察するに……十中八九、神託の十三騎士様の御業《みわざ》だろうよ」

ベンさんはたっぷりと皮肉を込《こ》めて、そう締めくくった。

「なる、ほど……」

あまりの情報量に俺・リア・ローズの三人が言葉を失っていると、

「いやぁしかし、アレンたちが来てくれて本当に助かった！　みんなで力を合わせて、黒の組織の大馬鹿野郎《やろう》どもをぶっ倒《たお》そうぜ！」

ベンさんはそう言って、俺の背中をバシンと叩《たた》いた。

とりあえず……俺たちをリーンガード皇国へ帰すつもりはないらしい。

「あの、そんなに期待されても困るんですが……」

十数億年の修業《しゅぎょう》を経て、確かに俺は強くなった。

しかしそれは、『学生』という狭《せま》い括《くく》りの中での話だ。

井の中の蛙《かわず》、大海を知らず。

ベンさんたちみたく、世界を舞台《ぶたい》に活躍《かつやく》する上級聖騎士と比べたら……とんでもない技量の差があるだろう。

「はっはっはっ、そう謙遜《けんそん》するんじゃねぇよ！　お前さんらは『奇人《きじん》クラウン』が太鼓判《たいこばん》を押した、『黒拳レイア＝ラスノート』の秘蔵っ子なんだぜ？　――特にアレン。なんでもお前さんは、あの『血狐《ちぎつね》』リゼ＝ドーラハインにも目を掛けられているそうじゃねぇか！　まだまだ若《わけ》ぇのに、とんでもねぇ男だな！」

彼が豪快《ごうかい》な笑い声をあげたその瞬間《しゅんかん》――けたたましい警報が鳴り響《ひび》く。

「むっ⁉　ちょっとすまん！」

ベンさんは短く断りを入れて、部屋の奥へ歩き出した。

「どうした、何か動きがあったのか⁉」

彼の問い掛けに対し、緊迫《きんぱく》した返事が戻《もど》ってくる。

「ダグリオ中部の『ラオ村』にて、信号弾《だん》を確認《かくにん》しました！　色は『赤』――黒の組織から襲撃《しゅうげき》を受けております！」

「ちっ……敵は何人だ！　それと神託の十三騎士は、出張《でば》って来ているのか⁉」

「『赤』の後に放たれた信号弾は『黒』五本！　敵の総数は約五十人！　神託の十三騎士は、未確認のようです！」

「ようし、わかった！――総員、戦闘《せんとう》準備に入れ！」

「「おおぅ！」」

その後、上級聖騎士たちはすぐさま準備を整え、一瞬《いっしゅん》にして隊列を形成した。

「アレン・リア・ローズ、早速《さっそく》デカい仕事が来たぜ！　明日の殲滅戦の前に、その実力のほどを見せてくれや！」

ベンさんは「期待しているぜ！」と言って、俺《おれ》の背中をバシンと叩いた。

「は、はい……」

こうして何故《なぜ》か苛烈《かれつ》な紛争地帯に送り込まれた俺たちは、上級聖騎士たちに連れられてラオ村へ向かうのだった。

■

ラオ村。

晴れの国ダグリオの中央部に位置するここは、牧歌的な空気の流れる平和な村だ。

しかし、それも今となっては昔の話。

現在は黒の組織の圧政と重税に苦しみ、村民たちは貧困《ひんこん》と飢餓《きが》に喘《あえ》ぎ、ただ搾取《さくしゅ》され続ける地獄のような日々を送っていた。

そして今日は、月に一度の徴税日《ちょうぜいび》。

御年《おんとし》八十を迎《むか》える村長は、村の中央に張られた屋根だけの簡易式テントの下で――額を泥土《でいど》に擦《こす》り付け、必死に懇願《こんがん》していた。

「どうか、どうかこれで許していただけないでしょうか……っ」

彼が差し出すのは、村中から掻《か》き集めた食料。イモ類に米、そしてわずかながらの肉。

真実、この村が納められる限界量だ。

「はぁ……」

ラオ村の徴税を任された黒の組織の男――ザム＝ハッシュフェルトは、大きなため息をつく。

「なぁ、村長さんよぉ……。あんた、ちょいとうちらのこと舐《な》めてねぇかい？　こんなもん目分量でもわかるぞ……『足りてねぇ』ってさぁ」

「……っ」

村長は、ただただ押し黙《だま》ることしかできなかった。

黒の組織がひと月に求めた税は『食料十トン』。作物・肉・牛乳――種類は問わず、十トンの食料を毎月徴収《ちょうしゅう》していく。

最初の頃《ころ》は、それでも問題がなかった。

農業立国のダグリオにおいて、それぐらいの量はなんでもない。

だが、状況《じょうきょう》は大きく変わった。

黒の組織がダグリオを支配するようになってからというもの、延々と雨が降り続けるのだ。それも三日や十日程度の雨ではない。もうかれこれ数年、ただの一度も陽《ひ》の光を拝めずにいるのだ。

村長の背後に控《ひか》える二人の若者は、歯を食いしばりながら額を土に擦り付ける。

（畜生《ちくしょう》、黒の組織め……）

（こいつらが、なんらかの方法で雨を降らし続けているんだ。ただただ、俺たちを苦しめるためだけに……ッ）

止《や》まない雨によって、肥沃《ひよく》な土壌《どじょう》は海へ流れた。

空を覆《おお》う分厚い雲によって、太陽の光は遮《さえぎ》られた。

こんな劣悪《れつあく》な状況では、今まで通りに作物が作れるわけもない。

なんとか室内照明を利用した屋内栽培《さいばい》によって、税を納め続けてきたのだが……。

それも今月、ついに限界を迎えてしまった。

「食料十トン――足りていないのは、重々承知しております……。しかし、このような劣悪な環境《かんきょう》では、作物が満足に育たないのです。保管庫の食料はもはや底をついており、栄養不足のためか、村では流行《はや》り病さえ起きる始末……。今月納められるのは、ここにあるものが全てなのです。どうか、これで満足していただけないでしょうか……っ」

村長は額を泥土に擦り付けたまま、必死に頼《たの》み込んだ。

それを見たザムは――優しい笑《え》みを浮《う》かべて、村長の肩に手を乗せる。

「なぁ、知ってるか？　俺たちが必要としているのは、この島で採掘《さいくつ》される霊晶石だけなんだ。この意味、わかるかなぁ？」

「ど、どういうことでしょうか？」

「ふっ、簡単な話だ。別にお前たちが死のうが生きようが、税を納めようが納めなかろうが——どっちだって構わないんだ……よっと！」

ザムは腰《こし》に差した剣《けん》を勢いよく引き抜《ぬ》き、流れるような剣捌《けんさば》きで村長を斬《き》り捨てた。

「が、は……っ」

「そ、村長!?」

「この野郎、なんてことを……！」

激昂《げきこう》する二人の村人。

その怒声《どせい》を聞いたザムは、顔をしかめる。

「ったく、こんなことでギャーギャー騒《さわ》ぐんじゃねぇよ……。こちとら二日酔《ふつかよ》いで、頭が痛《いて》ぇのなんので困ってんだからさぁ……」

彼は昨晩、徴収した酒を浴びるように飲んだため、頭痛に悩《なや》まされていた。

「なんかもう、こうやってチマチマ税を取り立てるのも面倒《めんどう》くせぇな。……うし、いっそ皆殺《みなごろ》しにしちまうか」

ザムの呟《つぶや》きに応じて、彼の背後に控えていた多くの剣士《けんし》が、一斉《いっせい》に剣を引き抜く。

「くっ、くそ……！」

村長に付き従っていた二人の若者は、懐《ふところ》から木製の笛を取り出し、村中に轟《とどろ》くほどの大音量で吹《ふ》き鳴らした。

「だーかーらー……。うるせぇって、言ってんだろうが！」

ザムは素早《すばや》く剣を振《ふ》るい、警笛を奏《かな》でる村人を斬り付ける。

「あ、が……っ」

「畜《ちく》、生《しょう》……」

二人が崩《くず》れ落ちたその瞬間、村の北方から赤と黒の信号弾が上がった。

「んー……ありゃ、信号弾だな。大方、南に巣食う上級聖騎士たちへの『救難信号』ってところか。ははっ、くっだらねぇなぁ」

ザムは嘲笑《ちょうしょう》を浮かべ、部下に命令を下す。

「おいお前ら、正義感に燃えた馬鹿どもが来る前に……ちょいとばかし『狩《か》り』でも楽しもうじゃねぇか！」

「「「おおぅ！」」」

こうしてラオ村の惨劇《さんげき》が始まったのだった。

■

警笛が鳴り響き、信号弾が打ち上がったその頃――ラオ村の南部に位置する古い民家では、先日五歳の誕生日を迎えたばかりのミレイ＝ガーリッシュとその母カタリーナ＝ガーリッシュが顔を真っ青に染めていた。

「い、今の音は……ッ」

「……ママ……？」

不安げな表情でこちらを見上げる愛娘《まなむすめ》を、カタリーナはギュッと抱き締《だしし》める。

たとえどんなことがあろうと、ミレイだけは絶対に守り抜く。これは半年前、流行り病で亡《な》くなった夫との『最後の約束』だ。

「大丈夫《だいじょうぶ》よ、ミレイ。ママがついているから、なんにも心配はいらないわ」

「う、うん……っ」

ひとまず娘を落ち着かせたカタリーナは、小さく窓を開けて外の様子を窺《うかが》う。

「な、なんてこと……っ」

彼女の目に飛び込んできたのは、村の中央で倒れ伏《ふ》した血まみれの村長と二人の村人の姿だ。

すぐにこの村から逃《に》げ出さなければ――そう判断したカタリーナは、戸棚《とだな》の奥から護身用の剣を取り出す。

（ここからずっと南へ進めば、聖騎士《せいきし》様たちの詰《つ》め所《しょ》があったはず……ッ）

人目に付きにくい逃走《とうそう》ルートを考えながら、カタリーナはミレイの手を優《やさ》しく握《にぎ》った。

「――ミレイ。この村は今、悪い人たちに襲《おそ》われていて、とても危険な状況なの。これから一緒《いっしょ》に聖騎士様のところへ逃げるんだけれど、その間は絶対に声を出しちゃ駄目《だめ》よ？いいわね？」

「う、うん……っ」

それからカタリーナはミレイの手を引き、家の裏口からこっそりと抜け出した。

しかしその直後、

「おやおやぁ……？　お二人さん、そんなコソコソとどこへ行かれるんですかぁ……？」

つい先ほど村長たちを斬り捨てた黒の組織の男――ザム＝ハッシュフェルトと出くわしてしまった。

「ま、ママ……」

「……っ」

カタリーナとミレイの表情に緊張《きんちょう》と恐怖《きょうふ》が走る。

「くくく、その怯《おび》えた顔……。いいよ、いいよぉ、最っ高だねぇ！」

ザムは『狩り』が好きだった。

勇敢《ゆうかん》に立ち向かってくる強者を殺すよりも、必死に逃げる弱者をいたぶることに喜悦《きえつ》を見出《みいだ》すのだ。

だから彼は、村長たちを殺した後、大急ぎで村の南端《なんたん》へ足を向けた。

ラオ村からずっと南へ進めば、聖騎士の詰め所がある。

年寄りや女子《おんなこ》どもはわずかな希望を抱《いだ》いて、そこへ逃げ込もうとするはず——そう考えたのだ。

「……ミレイ、あなただけでも逃げなさい」

「で、でも……っ」

「ママは大丈夫。だから、とにかく南へ走ってちょうだい。何があっても絶対に振り返っちゃ駄目よ」

カタリーナはそう言って、ミレイの背をトンと押した。

「い、いやだよ……。ママも一緒に行こうよぉ……っ」

ミレイはぐずつきながら、静かに首を横へ振る。

その目尻《めじり》には、薄《う》っすらと涙《なみだ》が浮かんでいた。

「大丈夫、ママもすぐに追いかけるから。それに天国のパパと約束したでしょ？　『強い女の子になるんだ』って……違《ちが》ったかしら？」

「……わ、わかった……っ」

ミレイが頷《うなず》くと同時、耳障《みみざわ》りな笑い声と乾《かわ》いた拍手《はくしゅ》が響《ひび》く。

「ぷっ、くく……あっははは……！　いやぁ、感動した！　これぞまさに『お涙ちょうだい』ってやつだ！　なんつーかなぁ、こりゃ斬り甲斐《がい》がありそうだぁ！」

ザムが凶悪《きょうあく》な笑《え》みを浮かべて剣を引き抜けば、

「――悪いけれど、死んでもここは通さないわ！」

カタリーナはぎこちない動きで、腰に差した粗末《そまつ》な剣を手に取った。

「ほぉ……あんた、剣士だったのか」

一瞬《いっしゅん》だけ顔をこわばらせたザムだが、すぐにもとの邪悪《じゃあく》な笑みを張り付けた。

それは偏《ひとえ》にカタリーナの構えが、あまりにお粗末だったからだ。

どこもかしこも隙《すき》だらけ、剣術《けんじゅつ》においては基本中の基本である正眼《せいがん》の構えすらまともにできていない。

明らかな格下――カタリーナをそう評した彼は、ニィッと口角を吊《つ》り上げる。

「……ミレイ、早く行きなさい！」

「う、うん……っ」

母の悲鳴にも似た叫《さけ》びを耳にしたミレイは、すぐに走り出したのだが……。

わずか数秒後、彼女は嫌《いや》な予感を覚えた。

あまりに静かだった──否《いな》、静か過ぎたのだ。

剣戟《けんげき》の音も悲鳴も聞こえない。

耳に入るのは、ただしんしんと降り注ぐ雨音のみ。

不審《ふしん》に思ったミレイが、ゆっくり振り返るとそこには──。

「ま、ま……？」

胸から剣を生やした、見るも無残な母の姿があった。

「くくくっ、あぁはっはっはっはっ！　ふぅー、やっぱり殺しはたまんねぇなぁ……！」

返り血で真っ赤に染まったザムは、雨に打たれながら高らかに笑う。

ひとしきり殺しの余韻《よいん》を味わった彼は、カタリーナの胸に突き刺《つさ》した剣を乱暴に引き抜き──次のターゲットへ目を向けた。

「ほらほらぁ、逃げなくていいのかなぁ？　こわぁいこわぁいおじさんが、グサーッて刺しちゃうよぉ？」

「……っ」

信じられない光景を目にしたミレイは、恐怖と絶望によって固まってしまう。

「い、いや、嫌だよ……ママぁ……っ」

彼女は顔をぐしゃぐしゃにして、ボロボロと大粒《おおつぶ》の涙を流す。

「あらのらぁ……。可哀想《かわいそう》にぃ、怖《こわ》かったんだねぇ……。でも、大丈夫。今すぐママのところへ送ってあげるから……さぁっ！」

鼻息を荒《あら》くしたザムが天高く剣を振り上げたそのとき、

「待ぢな、ざい……ッ」

心臓を貫《つらぬ》かれたカタリーナが、ザムを後ろから羽交《はが》い絞《じ》めにした。

「な、なんだこいつ、まだ死んでねぇのか……⁉」

血走った目・尋常《じんじょう》ならざる腕力《わんりょく》・鬼気迫《ききせま》る勢い。

カタリーナの――子を守る母の『圧』に気圧《けお》されたザムは、思わず身を固めた。

「逃げ、て……っ。ミレィ……！」

「……っ」

死にゆく母の願いを聞いたミレイは――それでも動けなかった。

無理のない話だ。

五歳の女の子が受け止めるには、この残酷《ざんこく》で凄惨《せいさん》な『現実』はあまりにも重過ぎた。

「こ、の、死に損《ぞこ》ないめが……ッ。心臓ぶち抜《ぬ》かれたなら、大人しく死んどけやぁ……！」

冷静さを取り戻《もど》したザムは、カタリーナを突き飛ばし、『三度《みたび》』彼女の身に凶刃《きょうじん》を突き立てる。

「ミレ、ィ……っ」

夫と交《か》わした最後の約束、最愛の娘を守り抜く。

ただその一心で動いていたカタリーナは、ゆっくりと前に倒《たお》れ伏した。

「ったく……。たかだか数秒を稼《かせ》ぐために地獄《じごく》の苦しみを味わうったぁ……。親ってのは、よくわかんねぇ生き物だねぇ……」

ザムは肩《かた》を竦《すく》め、剣《けん》に付着した血を雨で洗い流す。

「さぁお嬢《じょう》ちゃん、君も一緒に逝《い》こうか。ママを一人にしちゃ可哀想だもんなぁ……」

「い、いや……来ないで……っ」

一歩一歩迫《せま》りくるザムに対し、ミレイは尻餅《しりもち》をついたままズルズルと後ずさる。

彼女の潤《うる》んだ瞳《ひとみ》・弱り切った表情・必死の逃避《とうひ》、それら全てが、ザムの嗜虐心《しぎゃくしん》を満たしていく。

「く、くくく……っ。あぁ～やっぱり『狩り』はたまんねぇなぁ！」

彼は満面の笑みを浮《う》かべ、天高く剣を掲《かか》げた。

「さぁさぁ、いい悲鳴《こえ》を聞かせてくれよぉ！」

幾人《いくにん》もの命を奪《うば》ってきた凶刃《きょうじん》が、無慈悲《むじひ》にも振《ふ》り下ろされる。

（ママ……ごめんなさい……っ）

ミレイがギュッと両目をつぶったそのとき――遥《はる》か遠方より、漆黒《しっこく》の斬撃《ざんげき》が放たれた。

「……ッ⁉」

ザムは咄嗟《とっさ》に身を翻《ひるがえ》し、なんとかその一撃《いちげき》を回避《かいひ》した。

するとその直後、闇《やみ》を纏《まと》った少年が両者の間に割って入る。

白と黒の交ざった独特な頭髪《とうはつ》の彼は、優しくミレイに声を掛《か》けた。

「怖かったね。だけど、もう大丈夫だよ。――すぐに終わらせるから」

次の瞬間《しゅんかん》――少年の全身からおぞましい闇が溢《あふ》れ出し、ラオ村全域を深淵《しんえん》の如《ごと》き『黒』が染め上げた。

■

ラオ村に到着《とうちゃく》した俺《おれ》は、疑似《ぎじ》的な黒剣を正眼に構え、目の前の下種《げす》に視線を向ける。

「……お前たちは、どうしてこんなに酷《ひど》いことができるんだ？」

そうやって問いを投げ掛けながら――時間を稼ぐ。

（まだだ……っ。まだ間に合う……！）

アイツの闇は、致命傷《ちめいしょう》に対しても有効だ。

その人が生きている限り、たとえどんな傷でもたちまちのうちに治してしまう。

俺は大量の霊力《れいりょく》を注《そそ》ぎ込み、村のあちこちへ闇を張り巡《めぐ》らせ、怪我《けが》をした村人たちに黒い衣《ころも》を着せていく。

「どうしてこんなことをするのかってぇ？　んー……なんでだろうなぁ……。そう改まって聞かれちゃぁ、答えに窮《きゅう》しちまうよ。そもそもの話だ。人を殺すのに理由なんざ、必要ねぇからな。まぁ強《し》いて言うのであれば……俺が楽しいから、だ」

「……そうか……。思っていたよりもずっと、くだらない理由だな」

とにかく、時間稼ぎは成功。

この村にいる全ての住人を闇で保護することができた。

後は彼らが生きてさえいれば、闇が全てを治してくれるはず。

俺がひとまず安堵《あんど》の息をつくと、目の前の男は人懐《ひとなつ》っこい笑みを浮かべる。

「ところで坊主《ぼうず》。俺の『狩《か》り』を邪魔《じゃま》した落とし前は、どうやってつけるつもりなんだあ？　あぁ⁉」

奴《やつ》は一転して憤怒《ふんぬ》の形相を浮かべ、殺意の籠《こも》った袈裟《けさ》斬りを繰《く》り出した。

俺はそれに対して、疑似的な黒剣を軽く一閃《いっせん》。

振り下ろされた剣を軽く叩《たた》き斬ってやった。

「な、にぃ……⁉」

驚愕《きょうがく》に目を見開く男。そのがら空きとなった右脇腹《みぎわきばら》を狙《ねら》って、しっかりと体重を乗せた蹴《け》りを放つ。

「ちっ、甘《あめ》えぞ！」

奴はすぐさま右腕《みぎうで》を引き、肘《ひじ》の部分で防御《ぼうぎょ》してみせたが……。

「な、んだよ、このふざけた力は……ッ⁉」

闇で強化された蹴りの威力《いりょく》は凄《すさ》まじく、男はまるでボールのように吹《ふ》き飛んでいった。

「が、ぐぉ、ぬは……っ」

何度も地面に体を打ち付けた奴は、泥《どろ》だらけになりながらゆっくりと上体を起こす。

見ればその右腕は完全にひしゃげており、とても剣を持てるような状態じゃない。

「はぁはぁ……畜生《ちくしょう》が……っ。おぃてめぇら、ちょっと手を貸せぇ！　えらく強《つえ》ぇのが現れたぞ……！」

男がそう叫び散らせば、

「へへっ、どうしたどうした……？」

「なんだよ、まだガキじゃねぇか……。だらしねぇ奴だな」

「あらやだ、可愛《かわい》いお顔の坊《ぼう》やじゃないの……！」

あれよあれよという間に、黒衣を纏った三人の剣士《けんし》が集まってきた。

「馬鹿野郎《やろう》、油断するんじゃねぇ！　このガキ、信じられねぇ馬鹿力だ……っ。魂装を展開し、四方から一気に叩くぞ……！」

奴等《やつら》は阿吽《あうん》の呼吸で陣形《じんけい》を組み、鋭《するど》い視線をこちらへ向けた。

一瞬の静寂《せいじゃく》の後、

「圧迫《あっぱく》せよ――〈千の万力《サウザンド・ヴァイス》〉ッ！」

「我が道を往《い》け――〈無謀の軍団《リクレス・アーミー》〉ッ！」

「溺《おぼ》れなさい――〈歪んだ愛情《ツイスト・ラブ》〉ッ！」

「嵌《は》まりなぁ――〈間隙の大地《ガップ・グランド》〉ッ！」

四人は同時に魂装を展開し、一斉《いっせい》に襲《おそ》い掛かってきた。

俺はそれに対して、一言ポツリと呟《つぶや》く。

「――闇の影《ダーク・シャドウ》」

すると次の瞬間――研《と》ぎ澄《す》まされた鋭い闇が、まるで嵐《あらし》の如く吹き荒《あ》れた。

「なん、だ……これ……!?」

「は、ははっ、冗談《じょうだん》だろ……？」

「……あらやだ、凶悪《きょうあく》ぅ……」

「こんの、化物が……ッ」

刹那《せつな》、魂装を振り上げた男たちは、深淵の闇に呑《の》まれた。

その後に残ったのは、バラバラに砕《くだ》かれた魂装と地に倒れ伏《ふ》した四人組。

かなり手加減をしたので、全員ちゃんと息はある。

（さて、次は村を荒らしている奴等だな……）

それから俺は、ラオ村を蹂躙《じゅうりん》する残党を速《すみ》やかに気絶させて回り、

「――よし、これで全員だな」

最後の一人を仕留めたところで、ゆっくりと剣を鞘《さや》に納めた。

少しして、リアとローズがラオ村に到着する。

「アレン、大丈夫《だいじょうぶ》なの⁉」

「ちょっと速過ぎるぞ、お前は……！　いや、今はそれよりも――敵はどこだ⁉」

額に大粒の汗《あせ》を浮かべた二人は、周囲を警戒《けいかい》しながら剣を抜き放つ。

「大丈夫だ。ここにいた奴等なら、ちゃんともう全員仕留めたから」

「さ、さすがね……」

「相変わらず、とんでもないことを軽く言ってのける奴だな……」

そんな話をしていると、今度は上級聖騎士《せいきし》のみなさんが到着した。

ベンさんは意識を失った五十人の剣士を見て、信じられないといった風に目を丸くする。

「おいおいアレン……。まさかお前、たった一人でこれをやったのか……？」

「はい、なんとかなりました」

神託《しんたく》の十三騎士《きし》フー＝ルドラスやドドリエルクラスの剣士がいなかったため、特に苦労することなく、スムーズに全員を倒すことができた。

「や、やるじゃねぇか……。まさかたった一人で『皆殺《みなごろ》し』にしちまうとはな……っ」

「……え？」

あまりにも物騒《ぶっそう》なことを言うベンさんに対し、俺はすぐさま言葉を返す。

「いえいえ、誰《だれ》一人として殺していませんよ？」

「……は？」

彼はポカンと口を開けた後、ちょうど足元で伸《の》びていた剣士の首元へ手を伸ばした。

「……脈が、ある？　まさか本当に、全員生かしているのか⁉」

「あ、当たり前じゃないですか！　そんな簡単に『殺し』なんてしませんよ！」

俺がごく当然の主張をすれば、ベンさんは何故《なぜ》か急に黙《だま》り込んだ。

（『一対五十』って絶望的な戦力差で、全員を生け捕《ど》りにしただと⁉　こいつ……マジもんの化物か……⁉）

彼はゴクリと唾《つば》を飲み込み、乾《かわ》いた笑《え》みを浮かべる。

「は、はは……っ。さすがはクラウンと黒拳の一押しだ。これでまだ学生だってんだから、末恐《すえおそ》ろしいぜ……」

「ど、どうも……？」

何故か唐突《とうとつ》に褒《ほ》められた俺は、わけもわからず空返事をした。

「とにかく……こいつは大手柄《おおてがら》だぜ、アレン！　――おいお前ら、今すぐ組織の奴等を拘《こう》束《そく》しろ！　間違《まちが》っても、自害なんかさせんじゃねぇぞ？　みっちりと絞《しぼ》り上げて、情報を吐《は》かせるんだ！」

「「「おうっ！」」」

上級聖騎士たちは慣れた手付きで、気絶した組織の構成員たちの両手両足を縛《しば》っていく。

「――アレン、あそこを見て！」

リアは突然《とつぜん》大きな声を出し、とある一点を指差した。

なんとそこでは、さっき助けた女の子が、意識を失った男に剣を突《つ》き付けていた。

「いけない、止《や》めさせなきゃ！」

「……いや、大丈夫だよ」

確かにあの子の目には、強い憎悪《ぞうお》が渦巻《うずま》いている。

だけどその奥には、温かく優《やさ》しい光が宿っていた。

「ま、ママの仇《かたき》……！」

高々と剣を振り上げた女の子だが……。

その後、ふるふると小刻みに震《ふる》え出し、ついにはその場で崩《くず》れ落ちた。

「よ、よかったぁ……」

リアがホッと息を吐き出したところで、俺はあの少女のもとへ足を向けた。

「アレン……？」

「ちょっと行って来るよ」

驚《おどろ》かさないようわざと足音を立てて進み、彼女の目線に合わせてゆっくりと腰《こし》を下ろす。

「大丈夫？」

優しい声でそう問い掛けると、少女は涙《なみだ》でぐしゃぐしゃになった顔をあげた。

「……私、できなかった……。この人は、ママの仇《かたき》なのに……。怖《こわ》くて、手が震えちゃって……っ」

鼻をすすり、声を詰《つ》まらせながら必死に言葉を紡《つむ》ぐ。

「――君、名前はなんて言うの？」

「……ミレイ」

「そうか。ミレイは強いな」

「……え？」

「君はできなかったんじゃない。自分の意思で、ちゃんと選んだんだ。こいつらと同じ『外道《げどう》』にならない道を。感情に流されず、しっかりと自分の理性で決断を下した。これは君の強さだ。後……ちょっと見ていてくれるかな？」

俺《おれ》は少し大げさに指を鳴らし、村人を保護していた闇《やみ》の衣を取り去った。

「……お兄ちゃん、何をしたの？」

「ちょっとした『魔法《まほう》』を使ったんだよ。――ほら、あそこを見てごらん」

俺が指を差した先には――スーッスーッと規則的な呼吸を繰り返す、ミレイのお母さんの姿があった。

「……う、うそ……⁉」

少女は大きく目を見開き、一目散に駆《か》け出した。

「ママ、ママ……！　私の声、聞こえる⁉」

彼女が必死になって肩《かた》を揺《ゆ》らせば、

「……あ、れ？　私は……？」

ミレイのお母さんはゆっくりと目を開け、まるで何事もなかったかのように上体を起こした。

「ママ！」

「……ミレイ？　――そ、そうだ、黒の組織は⁉」

彼女はミレイを抱《だ》きかかえ、素早《すばや》く周囲を見回した。

「もう大丈夫だよ！　このお兄ちゃんが、悪い奴等《やつら》をみんなやっつけてくれたの！　それに――すっごい『魔法』を使って、ママの怪我《けが》まで治してくれた！」

「う、うそ……っ。あんな深い傷を……いったいどうやって……⁉」

ミレイのお母さんは「信じられない」といった表情で、こちらを見つめた。

「えーっとですね……っ」

正直なところ、治療《ちりょう》方法について問われるのが一番困る。

自分でもよくわかっていない謎《なぞ》の力で治しました。

これが嘘偽《うそいつわ》りのない真実なんだけど……。さすがにそのまま伝えるわけにはいかない。

いくらなんでも怪《あや》し過ぎる。

（……仕方ない、よな）

回答に困った俺は、小さな嘘をつくことにした。

「実は俺……回復系統の魂装使いなんですよ」

『謎の力』よりも『回復系統の魂装』と言われた方が、きっと安心できるだろう。

「まぁ、そうだったんですか……！　瀕死《ひんし》の重体から、一瞬《いっしゅん》で全快させてしまうなんて……さぞや高名な術師様なんでしょうね」

「え、ええ……まぁ……そんなところです」

まさかここで「すみません、嘘でした」と暴露《ばくろ》するわけにもいかず……。

俺は良心をズキズキと痛めながら、明後日《あさって》の方角へ視線を向けた。

「娘《むすめ》の命だけでなく、私まで助けていただき……。本当に、本当にありがとうございました……っ」

ミレイのお母さんはそう言って、何度も何度も頭を下げた。

「いいえ、気にしないでください。お二人が無事で、本当によかったです」

俺がそんな話をしていると、

「――悪い、ちょっといいか？」

ベンさんはそう言って、ポンと肩を叩《たた》いてきた。

「はい、どうかしましたか？」

「いやなに。明日の決戦に備えて、ちょいと作戦の変更《へんこう》が必要だと思ってよ」

「作戦の変更……？」

おそらくここで言う『作戦』とは、ベンさんたちが明日のために練っていたものだろう。

いったいどんな変更を加えるのかは知らないが……。というかそもそも、どんな作戦だったのかさえ聞いていないのだけど……。随分《ずいぶん》と急な話に思えた。

「先に断っておくが……。俺は別にアレンの実力を侮《あなど》っていたわけじゃねぇ。ただまさか、お前さんがここまで強力な『回復系統の魂装使い』だとは思ってもいなくてよ。しかも、後方支援《しえん》のみならず、近接戦闘《せんとう》もかなりイケる口らしい。こりゃアレンを主軸《しゅじく》にして、作戦を練り直すべきだと判断した。——っとまぁこういうわけだから、ちょいと顔を貸してくれや」

「え、ぁ、はい……」

そもそもの話、俺のこれは魂装ですらないんだけどなぁ……。

どうやらまずはその辺りから、きちんと説明する必要がありそうだ。

■

その後、ラオ村の宿舎に移動した俺は、『闇』の力についてベンさんに詳《くわ》しく説明した。

「なる、ほどな……。いや、こいつは驚いた。まさかアレが魂装ですらないとは……。アレン、お前は本当にとんでもないイレギュラーだな……」

彼はスキンヘッドの頭を掻《か》きながら、呆《あき》れ半分といった感じで呟《つぶや》く。

「いやしかし、本当に珍《めずら》しい力だな。俺はこれまで何百種類と魂装を見てきたが、『闇』

を司《つかさど》るものは初めてだぜ……」

「そうなんですか？」

「あぁ、その闇は相当に珍しく、とんでもなくすげぇ能力だ。なんてったって、この俺が羨《うらや》ましいと思うほどのもんだからな！　大事にしろよ！」

「はい、ありがとうございます」

そうして話が一段落したところで、部屋の扉《とびら》がガンガンガンと荒々《あらあら》しく叩かれた。

「——おう、入れ！」

ベンさんが入室許可を出すと、無精髭《ぶしょうひげ》を蓄《たくわ》えた怖い顔の聖騎士が入って来た。

「支部長！　ラオ村の住人、全員の無事が確認《かくにん》されたぜ！」

「おぉ、そうか！　そいつは何よりだ！」

どうやら、奇跡《きせき》的に誰も命を落とさずに済んだらしい。

なんとか闇の治《ち》癒《ゆ》が間に合ってくれたようで、本当によかった。

（……それにしても、凄《すさ》まじい回復能力だな）

正直、ミレイのお母さんは間に合わないと思っていた。

なにせ俺が見ただけでも、少なくとも三回——彼女の胸に剣が深々と突き立てられたのだ。まさかあの状態から、ほんの数秒で完治させるとは……。

(……間違いない。この『闇の力』はどんどん強くなっている……)

これは頼《たの》もしくある反面、少し怖くもあった。

それというのも……ここ最近、俺の体にはいくつもの『異変』が起きているのだ。

白く変色した頭髪《とうはつ》。

傷を負うたびに頑丈《がんじょう》になっていく体。

鍛《きた》えれば鍛えるほど、上限なしに向上していく身体能力。

(もしかして……少しずつアイツに似てきてやしないか？)

アイツの髪《かみ》の毛は真っ白、そしてその体は刃《は》が通らないほどに頑丈、身体能力に至っては圧巻の一言。

なんだかちょっとずつ、『共通点』が増えているような気がする。

(……大丈夫《だいじょうぶ》だよ、な……？)

朝起きたら、体を奪《うば》われていました。

さすがにそんなことはない……と思いたい。

俺がとても恐《おそ》ろしい可能性に思考を巡《めぐ》らせていると、怖い顔の聖騎士《せいきし》は報告を続けた。

「黒の組織の連中を絞《しぼ》り上げたところ、いくつか新しい情報がわかったぜ！　奴等《やつら》の目的は、この国に眠《ねむ》る霊晶石《れいしょうせき》らしい！」

霊晶石――確か限られた地域でのみ産出される希少な鉱石だ。

俺たちが授業で使う霊晶剣《れいしょうけん》の他、黒の組織が開発している霊晶丸《れいしょうがん》の素《もと》にもなっている。

「それとだな……。ダグリオの王城を征服《せいふく》した敵の親玉――神託《しんたく》の十三騎士《きし》についても吐《は》かせてやったぜ！　その男の名は、レイン＝グラッド。なんでも組織内では、『雨男』って呼ばれている、恐ろしく強い剣士《けんし》だそうだ！」

神託の十三騎士レイン＝グラッド、か……。

（千刃学院を襲《おそ》ったフー＝ルドラスと同格の剣士。遥《はる》か格上の相手であることは間違《まちが》いないな……）

おそらく、想像を絶するような死闘《しとう》になるだろう。

「ふぅむ、なるほどな……」

静かに報告を聞いていたベンさんは、ポツリとそう呟いた後、気合の入った大声を張り上げる。

「――ようし！　それではこれより、明日の決戦における新しい作戦を説明する！　全上級聖騎士を今すぐこの宿舎へ集めろ！」

それから俺たちは、ベンさんの練り上げた『新・殲滅作戦《せんめつ》』を頭に叩き込んだ。

そしてその翌日、神託の十三騎士レイン＝グラッドを討《う》つため、ダグリオ北端《ほくたん》の王城へ向かったのだった。

■

ダグリオ北端にそびえ立つ王城。

白い煉瓦《れんが》造りのその建物は、城というよりはむしろ教会のような外観をしている。

この王城の新たな主《あるじ》となった男——神託の十三騎士レイン＝グラッド。

彼は色褪《いろあ》せた玉座に腰掛《こしか》けながら、静かに目をつむっていた。

鼓膜《こまく》を打つのは、延々と降り続く雨音のみ。

一秒・一分・一時間——刻々と時が刻まれていく中、レインは石像のように固まっていた。

そんなとき、玉座の間の外から慌《あわ》ただしい足音が聞こえてきた。

「——れ、レイン様！」

黒い外套《がいとう》に身を包んだその男は、組織から派遣《はけん》された下《した》っ端《ぱ》の一人だ。

「……なんだ？」

静寂《せいじゃく》を壊《こわ》されたことに僅《わず》かな苛立《いらだ》ちを覚えながら、レインは片目を開けた。

「上級聖騎士の奴等が、一気に北上して参りました……！　奴等、今回は本気です。本気でこのダグリオを奪還《だっかん》しようとしております！」

男は鼻息を荒《あら》くして、必死に事態の大きさを伝えたものの……。

「……それで？」

レインの反応は冷ややかなものだった。

「わ、我々では到底《とうてい》歯が立たず、既《すで》に戦線は崩壊《ほうかい》状態……っ。ディノ村やロンド村を統治していた者たちは、敵影《てきえい》を見るなり逃走《とうそう》する始末です……。レイン様、どうかそのお力をお貸しください……！」

下っ端の男は、頭を下げて頼み込んだ――否《いな》、頼まざるを得なかった。

ここ晴れの国ダグリオを落《お》としたのは、実質レイン一人の力によるもの。

『神託の十三騎士』という極大戦力がなければ、練度の高い上級聖騎士を迎撃《げいげき》することは不可能なのだ。

「――断る」

返ってきたのは、取り付く島もない拒絶《きょぜつ》。

「なっ、何故《なぜ》ですか……!?」

しつこく食い下がる男に対し、レインは深いため息をつく。

「はぁ……。ならば、逆に問おう。お前たちは、これまで『助けて』と言った人々をどうしてきた？」

「そ、それは……っ」

「痛め付けて、斬《き》り付けて――嬲《なぶ》り殺しにしてきたよな？　許しを乞《こ》う声に耳を貸したことなど、ただの一度もなかったよな？」

「……っ」

「――甘えるな、馬鹿が。自分たちだけは助けてもらえる、そんな虫のいい話があるか」

静謐《せいひつ》とした玉座の間に怒声《どせい》が響《ひび》く。

「では……俺《おれ》たちはいったいどうすればいいんですか？」

「知らん。お前たちのような薄汚《うすぎたな》い『畜生《ちくしょう》』がどうなろうと、俺の関知するところではない」

「しかし、それでは――」

「――くどい。俺はこの王城から、動けん。逃《に》げるなりなんなり、各々《おのおの》の判断で好きにしろ」

レインはピシャリと言い放ち、「これ以上、話すことはない」とばかりに目を閉じた。

まったく対話の姿勢を見せない彼に対し、男の我慢《がまん》はついに限界を迎《むか》える。

「あ、あぁそうかよ！　それならお言葉通り、逃げさせてもらうからな!?」

「……」

レインは無言のまま、微動《びどう》だにしない。

「確かにあんたはめちゃくちゃ強《つえ》ぇよ。だけど、今回ばかりは相手が悪かったな！　なんてったって敵は、あのアレン＝ロードルだ！　神託の十三騎士フー＝ルドラスを破った『特級戦力』の一つさ！　他にも幻霊原初の龍王《ファフニール》の宿主リア＝ヴェステリア、桜華一刀流の正統継承者《けいしょう》ローズ＝バレンシア、もちろん支部長のベン＝トリオックもいるぞ？　敵は、超《ちょう》が付くほどの実力者が勢揃《せいぞろ》い！　万に一つも、あんたに勝ち目なんかねぇよ！」

下っ端の男は「精々無様な最期《さいご》を迎えるんだな！」と捨て台詞《ぜりふ》を残し、一目散に逃げだした。

再び静寂の戻《もど》った玉座の間にて、レインはポツリと呟いた。

「……また殺し合い、か」

悲痛な面持《おもも》ちで虚空《こくう》を見つめる彼は、自嘲《じちょう》気味に笑う。

「ふっ、俺は何を迷っているんだろうな……」

自分がダグリオで行っていることを噛《か》み締《し》めながら、両手でゆっくりと頭を抱《かか》えた。

「……我ながら醜《みにく》い……。俺のような、あんな黒の組織にも劣《おと》る畜生以下の存在が……っ。何を今更《いまさら》、罪悪感のようなものを感じているんだ……ッ」

孤独《こどく》な玉座に虚《むな》しい男の慟哭《どうこく》が響く。

「特級戦力アレン＝ロードル、幻霊ファフニールの宿主リア＝ヴェステリア。この二人を捕獲《ほかく》すれば終わりだ。これでようやく……静かなダグリオが、『二人だけの楽園』が完成する……！」

己《おの》が正義のため、レインは今も一人で戦っていた。

■

ラオ村を出発した俺たちは、ひたすら北へ向かって進んだ。

道中、黒の組織に支配された村々を通り過ぎたのだが……。

どういうわけか、奴等《やつら》は俺の姿を確認《かくにん》するなり、泡《あわ》を食って逃げ出した。

そのおかげで、時間と体力を浪費《ろうひ》することなく、目的地に到着《とうちゃく》することができた。

（……さすがに大きいな）

眼前にそびえ立つは、白い煉瓦造りの巨大《きょだい》なダグリオの王城。

それは城というよりむしろ、『古びた教会』と評した方が適切だった。

おそらく、長い間ずっと修繕《しゅうぜん》されていないのだろう。

壁面《へきめん》は朽《く》ちた蔦《つた》で覆《おお》われており、随所《ずいしょ》に亀裂《きれつ》が見られた。

「――お前ら、行くぞ！」

「「おおぅ！」」

ベンさんの号令を合図にして、上級聖騎士のみなさんが正面の大きな扉《とびら》を開けた。

その後、燭台《しょくだい》の明かりを頼《たよ》りに長い廊下《ろうか》を進んでいくと、古びた礼拝堂のような大部屋に出た。

煤《すす》けた真紅《しんく》の絨毯《じゅうたん》・壊れた四人掛《が》けの教会椅子《いす》・等間隔《とうかんかく》に並べられた黄金の燭台《しょくだい》、どこか静謐な空気の漂《ただよ》うこの部屋の最奥《さいおう》に……一人の大男が君臨していた。

色褪せた玉座に腰掛けた彼は、虚《うつ》ろな瞳《ひとみ》をこちらへ向けている。

「――よく来たな、招かれざる客人よ」

深く渋《しぶ》い声が部屋中に木霊《こだま》した。

それに応じたのは、支部長のベンさんだ。

「お前が神託の十三騎士レイン＝グラッドだな？」

「あぁ、そうだ」

目の前の大男は、短くそう答えた。

レイン＝グラッド。

濃紺《のうこん》の長い髪《かみ》はオールバックにした後、後ろに髪紐《かみひも》でまとめられている。座っているため、正確にはわからないが……身長はおそらく二メートルに迫《せま》るだろう。年齢《ねんれい》は三十代後半。ギョロリとした虚ろな目・眉骨《びこつ》の高い通った鼻・不機嫌《ふきげん》そうに結ばれた口・顎回《あごまわ》りに蓄《たくわ》えられた短い鬚《ひげ》――どこか暗く冷たい印象を受ける怖《こわ》い顔つきだ。

誂《あつら》えのいい青い服の上から黒い外套を羽織り、その外套にはどこかで見たことのある紋《もん》様《よう》が青く刻まれている。首元には傷《いた》んだ灰色のマフラーが巻かれ、サイズの合っていないそれは少し不格好にも見えた。

レインは右から左へ視線を泳がせた後――俺《おれ》の方をジッと見つめた。

「……なるほど、お前が組織の定めた『特級戦力』アレン＝ロードルか。確かに一人だけ飛び抜《ぬ》けているな」

俺の容姿に関する情報が組織内で回っているのか、すぐに名前を言い当てられた。

「そしてその隣《となり》は、リア＝ヴェステリアだな？」

世界の平和を乱す国際的な大規模犯罪組織――その標的にされた俺たちは、ゴクリと唾《つば》を呑《の》む。

「『特級戦力』に『幻霊』……これだけあれば十分だろう」

奴はわけのわからないことを呟《つぶや》いた後、ゆっくりと立ち上がった。

「アレン、リア……どうだ、俺と取引をしないか？」

レインはそう言って、こちらへ迫って来た。

「取引……？」

「……一応、聞いてあげなくもないわ」

俺とリアはいつでも剣《けん》を抜けるようにしながら、話の続きを促《うなが》す。

「お前たち二人が大人しく捕《つか》まるのなら、そこにいる聖騎士《せいきし》たち全員を見逃《みのが》そう。……どうだ、悪い話じゃないだろう？」

「「なっ⁉」」

とてもじゃないが、応じられるようなものじゃない。

「はっはっはっ！　おいおいレインさんよぉ、不愛想《ぶあいそう》なツラして面白《おもし》れぇ冗談《じょうだん》を言うじゃねぇか……ええ？」

ベンさんは大声をあげて笑いながら、一歩前に踏《ふ》み出した。

「冗談ではない。俺はもう……疲《つか》れたんだ……。これ以上、無駄《むだ》な殺生《せっしょう》はしたくない。……なぁ、いい加減にわかってくれないか？　お前たちのような『羽虫』がどれだけ束になっても、俺には決して勝てないんだ……」

その発言から、嘘《うそ》や偽《いつわ》りの色はまるで感じられない。

おそらくこれは、本心からの言葉だ。

（……とんでもない自信だな）

百人の上級聖騎士を前にして、『絶対に勝てる』という確信があるらしい。

「へっ、そうかい。ようくわかったぜ……。てめぇが俺たちを舐《な》め腐《くさ》っているってことがなァ！」

額に青筋を浮《う》かべたベンさんは、勢いよく剣を抜き放った。

「ぶち込《こ》め――〈大樹の種《ツリー・シード》〉ッ！」

ベンさんが大声を張り上げて魂装を展開し、レインの注目を引き付けたところで――

『奇襲《きしゅう》作戦』を開始する。

「侵略《しんりゃく》せよ――〈原初の龍王《ファフニール》〉ッ！」

「染まれ――〈緋寒桜《ひかんざくら》〉ッ！」

「溶《と》かせ――〈酸の錫杖《アシッド・スタッフ》〉ッ！」

全員が一斉《いっせい》に魂装を展開し、レインを包囲するように移動していく。

「――闇の箱《ダーク・ボックス》ッ！」

俺は闇《やみ》を解放し、レインを円形に包み込むことに成功した。

その直後、

「――龍王の覇撃《ドラゴン・ブレス》ッ！」

「――桜吹雪《さくらふぶき》ッ！」

「――激酸の海《アシッド・オーシャン》ッ！」

ありったけの霊力《れいりょく》を注《そそ》ぎ込んだ渾身《こんしん》の遠距離攻撃《えんきょりこうげき》が、一斉に解き放たれた。

（よし、決まった……！）

闇の箱《ダーク・ボックス》は、光と音を完全に遮断《しゃだん》する。

視覚と聴覚《ちょうかく》を奪《うば》われた状況《じょうきょう》下で、百人規模の総攻撃――いくら『神託《しんたく》の十三騎士《きし》』といえども、これを無傷で凌《しの》ぐことは困難を極《きわ》めるはずだ。

しかし次の瞬間《しゅんかん》、

「穿《うが》て――〈久遠の雫《ラスト・ドロップ》〉」

強烈《きょうれつ》な悪寒《おかん》が、背筋を駆《か》け抜けた。

（なん、だ……この感覚は……!?）

レインが何をしようとしているのか、闇の箱《ダーク・ボックス》の外から窺《うかが》い知ることはできない。

だけど、俺の直感はけたたましい警告を鳴らしていた。

（とにかく、このままじゃマズい……ッ）

そう判断した俺は、独断で闇の箱《ダーク・ボックス》を解除する。

「お、おい、アレン!?」

作戦外の行動にベンさんが動揺《どうよう》を見せたそのとき、

「――千の雫《サウザンド・ドロップ》」

透明《とうめい》な水の矢が、視界一面を埋《う》め尽《つ》くした。

一発一発が冗談のような威力《いりょく》を秘《ひ》めた水の矢は、リアたちの放った渾身の遠距離攻撃をいとも容易《たやす》く食い破っていく。しかも、その勢いはまるで衰《おとろ》えていない。

「う、そ……!?」

「なんだと!?」

「こいつは、やべぇ……ッ」

予想外の展開にみんなが硬直《こうちょく》する中、

「──間に合えええええええええッ!」

唯一《ゆいいつ》この事態を予測していた俺は、大量の霊力を注ぎ込み、リアやローズたちに闇の衣《ころも》を纏《まと》わせていく。

その結果、

「……ほう、やるな」

まさに間一髪《かんいっぱつ》、ギリギリのところで全員に闇の衣を纏わせることができた。

「た、助かった……?」

誰《だれ》かの呟きが、やけに大きく響《ひび》く。

「あ、危なかった……」

「アレンの『闇の衣』がなければ、確実にやられていたな……っ」

リアとローズが顔を青くし、

「……悪《わり》ぃな。助かったぜ、アレン……」

ベンさんは冷《ひ》や汗《あせ》を流しながら感謝の言葉を述べた。

「はぁはぁ……。いえ、ご無事で何よりです……」

一気に多量の霊力を消耗《しょうもう》した俺は、ゆっくりと息を整えていく。

「アレン＝ロードル。やはりお前だけは、他と違《ちが》うようだ」

レインはそう言うと、刃渡《はわた》りの長い太刀《たち》のような形状の魂装を右手一本で構えた。

こうして神託の十三騎士レイン＝グラッドとの戦いが始まったのだった。

■

奇襲作戦が失敗した直後、俺たちはすぐさま『次の作戦』へ移行する。

リア・ローズ・ベンさん、その他の上級聖騎士がレインを包囲し、その中心で俺とレインが向かい合う。

「……行くぞ、レイン！」

「あぁ、来い」

俺は濃密《のうみつ》な闇の衣を纏い、剣を納刀した状態で駆け出した。

相手は『神託の十三騎士』、様子見をしている余裕《よゆう》はどこにもない。

（ペース配分なんて考えるな。最初っから全力で行け……！）

必殺の間合いへ踏み込んだ俺は、最速の居合斬《ぎ》りを放つ。

「七の太刀《なな　たち》――瞬閃《しゅんせん》ッ！」

鞘《さや》の中で十分な加速を付けた斬撃《ざんげき》が、凄《すさ》まじい速度で空を駆ける。

（……よし、入った！）

あまりの剣速《けんそく》に反応できなかったのか、レインは脇腹《わきばら》へ迫る瞬閃をぼんやりと見つめていた。

「――ほう、悪くない」

奴《やつ》はスッと腰《こし》を引き、いとも容易く回避《かいひ》する。

（嘘、だろ……!?　この距離《きょり》、このタイミングで躱《かわ》すのか……!?）

その巨軀《きょく》に見合わぬ俊敏《しゅんびん》な動きに、俺は言葉を失う。

「今度はこちらの番だ……ぬぅんッ！」

レインは太刀を大上段に構え、力いっぱい振《ふ》り下ろした。

（来た……！）

俺は重心を落とし、剣を水平に構え――真っ正面から受け止める。

「ぐ、ぉおおお……っ！」

腕《うで》から肩《かた》へ、肩から足へ、凄まじい衝撃《しょうげき》が全身を走り抜ける。

（だけど、受け止め切った……ッ）

体格の差は歴然だが、完全に力負けしているわけじゃない。

「むっ、体は細いが……中々に力持ちだな。その奇妙《きみょう》な『闇』に秘密でもあるのか？」

まさか真っ正面から受け止められるとは、夢にも思っていなかっただろう。

レインは目を丸くし、感嘆《かんたん》の言葉を漏《も》らした。

「さぁ、どっちだろう……なッ！」

俺は左半身になって奴の剣を側面へ流し、続けざまに渾身の連撃《れんげき》を繰《く》り出す。

「八《はち》の太刀《たち》——八咫烏《やたがらす》ッ！」

「いい技《わざ》だ」

レインはニィッと凶悪《きょうあく》な笑《え》みを浮かべ、恐《おそ》ろしいほど基本に忠実な防御《ぼうぎょ》を見せた。

（う、巧《うま》い……ッ。さすがは神託の十三騎士、魂装や身体能力だけじゃない）

思わず見惚《みと》れてしまうほどに美しい、まるで演舞《えんぶ》のような防御術。

あれは、一朝一夕《いっちょういっせき》で身に付くものじゃない。

地味で退屈《たいくつ》な基礎《きそ》練習、それを何十年と繰り返した果てにようやく習得できるものだ。

「――さて、次はこちらの番だ」

レインが前傾姿勢《ぜんけいしせい》を取り、大きく一歩踏み出したところへ、

「覇王流《はおうりゅう》――剛撃《ごうげき》ッ！」

「桜華一刀流――夜桜《よざくら》ッ！」

「百花繚乱流《ひゃっかりょうらんりゅう》――乱れ花ッ！」

横合いからリア・ローズ・ベンさんの三人が、息を揃《そろ》えて斬《き》り掛《か》かった。

「ち……っ」

レインは迫《せま》りくる斬撃を時には躱し、時にはいなし、時には受け止め――全てやり過ごして見せた。

「むっ……かすったか」

奴の頰《ほお》から一筋の鮮血《せんけつ》が流れ落ちた。

横合いからの不意打ち。それも凄腕《すごうで》の剣士《けんし》三人からの攻撃ともなれば、さすがのレインも完全に捌《さば》き切ることはできなかったようだ。

「……なるほどな。アレンが一対一を仕掛《しか》け、こちらに隙《すき》が生まれたところを周囲の『羽虫』が突《つ》く、か……」

こちらの作戦を理解した奴は、「悪くない」と評価を下す。

「それにしても驚《おどろ》いたぞ、アレン。まさかその若さで、この俺《おれ》と真正面から斬り結べるとはな……」

「……随分《ずいぶん》と余裕そうだな。この状況、わかっているのか？」

戦いにおいて『数的有利』は、とてつもない戦力差を生む。

現状、戦況《せんきょう》はこちらへ傾《かたむ》いていると言っていいだろう。

「確かに、このままでは少し分《ぶ》が悪いようだ」

奴は顎鬚《あごひげ》を揉《も》みながらそう呟《つぶや》き、

「ならば、仕方あるまい。少し数を増やそうか。——擬態の雫《ミミック・ドロップ》」

太刀の切っ先から、白銀の雫《しずく》を二滴《てき》ほど床《ゆか》へ垂らした。

すると次の瞬間——雫は大きく形を変え、見る見るうちに等身大のレインと化した。

「「なっ⁉」」

予想だにしない事態を前に、俺たちは大きく目を見開く。

（まさか、自分の分身を作り出すなんて……⁉）

こんなこと完全に想定外だ。

銀色の不気味な体を持った二体のレインは、本体の横へ並び立つ。

「これで三対百——困ったことに『数の利』は、まだそちらにあるな」

顔に余裕の色を張り付けた奴は、わざとらしく肩を竦《すく》めた。

どうやらあの二体は、かなりの力を持った分身らしい。

「……随分と変わった能力だな」

「それはお互《たが》い様だろう？　お前の闇とて、二つとして見られるものではない」

短い会話が打ち切られたところで、レインはパチンと指を鳴らした。

「――やれ」

それを皮切りにして、二体の分身がリアたちのもとへ殺到《さっとう》する。

（……っ）

俺は逸《はや》る気持ちを抑《おさ》えて、レイン本体に集中した。

（ここで俺がカバーに回るのは……悪手だ）

その場合、自由になった奴本体が好き放題に暴れ回り、より大きな被害《ひがい》が出るだろう。

だから、俺が今為《な》すべきことはたった一つ。本体のレインを一人で押さえ込むことだ。

（……大丈夫《だいじょうぶ》、リアとローズは強い。それにベンさんたちは、国外遠征《えんせい》を任された腕利《うでき》きの上級聖騎士《せいきし》だ。きっとすぐに分身を蹴散《けち》らしてくれるだろう）

脳裏《のうり》をよぎる嫌《いや》な考えを振り切り、俺は目の前の敵に集中した。

「――ときに、アレンよ。そろそろ普通《ふつう》の剣戟《けんげき》にも、飽《あ》きてきたんじゃないか？」

「……どういう意味だ？」

「いやなに、ここらで一つ『ギア』を上げようと思ってな。──水の羽衣《はごろも》」

レインが魂装の刀身をスッと撫《な》でれば、そこに透明な水の膜《まく》が張られた。

『ギアを上げる』──そう言った割には、ささやかな変化だ。

「一つ忠告しておこう。間違《まちが》っても、受けるんじゃないぞ」

「……？」

「まぁ、見ていればわかる」

奴はそう言って、水を纏った太刀を床へ走らせる。

するとそこへ、鋭利《えいり》な太刀傷が生まれた。

「なっ⁉」

硬質《こうしつ》な床をまるで豆腐《とうふ》かのように斬り裂《さ》く鋭《するど》さ。この世のものとは思えない斬れ味だ。

「我が魂装〈久遠の雫《ラスト・ドロップ》〉の刀身を覆《おお》うは、極大の霊力《れいりょく》で圧縮された超《ちょう》高圧水流。いくら『闇《やみ》』で強化しているとはいえ……その安っぽい剣《けん》では、受けることはかなわんぞ」

「……ご丁寧《ていねい》にどうも」

実演を終えたレインは、首をゴキッと鳴らした。

「──さぁ、第二ラウンドと行こうか」

「……来い！」

その後――俺は防戦一方の戦いを強《し》いられた。

周囲からの援護《えんご》がなくなった上、相手が振るうは防御不可の強烈《きょうれつ》な斬撃。

まともな勝負をすることさえできなかった。

「ぬぅん！」

「……っ」

迫りくる斬撃をなんとか紙一重で回避し、大きく後ろへ跳《と》んで距離を稼《かせ》ぐ。

そうして戦いと呼べない戦いを続けているうちに――少し気になることができた。

「……なぁ、レイン。どうしてお前は、そんなに苦しそうなんだ……？」

「なんだと？」

「いや、ちょっと気になってな。こんなに辛《つら》そうに剣を振る奴は、初めて見たからさ」

戦いが始まってから、奴はずっと苦しそうだった。

戦況が不利な時も有利な時も、苦悶《くもん》の表情を浮《う》かべながら戦っているのだ。

(きっとこいつは『ナニカ』を隠《かく》している)

レインの振るうは剣には、迷いが滲《にじ》み出ていた。

「なぁ、いったい何をそんなに――」

「――人の事情に気安く立ち入るものではないぞ？」

「っ⁉」

凄《すさ》まじい怒気《どき》と殺気が放たれた直後、強烈な中段蹴《げ》りが腹部にめり込む。

「か、は……っ⁉」

肺の空気を全て吐《は》き出した俺は、床と水平に飛び――王城の壁《かべ》に激突《げきとつ》した。

（速い。いや、速過ぎる……ッ）

始点から終点まで、一連の動作がまるで見えなかった。

気付いたときには、むせ返るような痛みが腹部からせり上がっているような状態だ。

（こいつ、今まで手を抜《ぬ》いていたのか……っ）

今の動きは、あのフー＝ルドラスよりも確実に速い。

「ま、まだだ……ッ」

俺はゆっくりと立ち上がり、正眼《せいがん》の構えを取った。

しかし――先のダメージはあまりに大きく、視界はぼんやりと霞《かすみ》がかっている。

（くそっ、しっかりしろ……！）

下唇《したくちびる》をわずかに噛《か》み切り、その痛みで意識を覚醒《かくせい》させた。

そうして五感がはっきりしたところで――気付いた。

先ほどから鳴り響《ひび》いていた剣戟《けんげき》の音が、ほとんど聞こえなくなっていることに。

レインを視界の端《はし》に捉《とら》えたまま、恐る恐る周囲を見回すとそこは――地獄《じごく》だった。

（うそ、だろ……？）

いまだ剣を振《ふ》るえている剣士はリアとローズ、それからベンさんを含《ふく》めたわずか数名のみ。上級聖騎士の軍勢は、もはや壊滅《かいめつ》状態となっていた。

（くそ、なんてことだ……っ）

どうやらあの二体の分身は、こちらの想像を遥《はる》かに上回る力を持っていたようだ。

（……どうする、逃《に》げるか!?）

このまま戦闘《せんとう》を続けたとして、もはや勝ちの目はない。

何せ相手は黒の組織の最高幹部、神託の十三騎士レイン＝グラッド。

世界でも指折りの国家戦力級の剣士。

（……無理だ。俺みたいなただの学生が、単騎《たんき》で討《う》ち取れる相手じゃない……っ）

そんなこと、小さな子どもにだってわかる話だ。

（でも、どうやって逃げる……!?）

この場には、大勢の上級聖騎士が倒《たお》れている。

今はまだかろうじて生きているようだけど……。もしもここで撤退《てったい》すれば、彼らは皆殺《みなごろ》しにされてしまうだろう。
そもそもの話、レインを相手に逃げることは困難を極《きわ》める。
(くそ、いったいどうすればいいんだ……っ)
どうにもならない最悪の現状。なんとか打開できないものかと頭を回していると、
「――きゃぁっ⁉」
背後からリアの悲鳴が響く。
振り返れば――魂装〈原初の龍王《ファフニール》〉が宙を舞《ま》っていた。
「い、いや……っ」
丸腰《まるごし》になったリアへ狙《ねら》いを定め、レインの分身が太刀《たち》を振り下ろす。
「リア……!」
ローズが急いでフォローに走ったが、到底《とうてい》間に合いそうにない。
(くそ……っ)
俺は枯渇《こかつ》してきた霊力を惜《お》しみなく注ぎ、分厚い闇の盾《たて》を伸《の》ばした。
凄まじい速度で地を這《は》う闇は――間一髪《かんいっぱつ》、レインの斬り下ろしを防ぐ。
(……よかった)
ホッと胸を撫で下ろすのも束《つか》の間《ま》、

「──仲間の援護に回るとは、随分《ずいぶん》と余裕《よゆう》があるみたいだな」

背後から、凍《い》てつくような冷たい声が降り掛《か》かった。

「……っ!?」

反射的に振り返るとそこには、既《すで》に剣を高々と振り上げたレイン。

「ぬぅんっ！」

恐《おそ》るべき速度で迫《せま》る袈裟《けさ》斬《ぎ》りに対し、俺は咄嗟《とっさ》に剣を水平に構えた。

否《いな》、構えてしまった。

（……しまった!?）

十数億年と繰《く》り返してきた防御術《ぼうぎょ》。

体に沁《し》みついたその動きが、咄嗟のうちに出てしまった。

「──『受けるな』、そう忠告したはずだがな」

「か、は……っ」

疑似《ぎじ》的な黒剣は叩《たた》き斬《き》られ、強烈な斬撃《ざんげき》が胸を抉《えぐ》る。

「「アレン……!?」」

リアとローズの叫《さけ》び声《ごえ》が、やけに遠く聞こえた。

（まず、い……。すぐに、回復を……ッ）

こんな深手を負った状態では、戦闘を続けられない。

俺《おれ》は闇を胸元《むなもと》へ集中させ、すぐさま治療《ちりょう》を始めた。

(……くそ、傷の治りが遅《おそ》い……っ)

霊力が底を突《つ》きかけているのか、胸部の傷は中々塞《ふさ》がらない。

しかし、これはごく当然の話だ。

やむを得ない状況《じょうきょう》ばかりだったとはいえ……。昨日今日と大量の霊力を使い過ぎた。

昨日——組織の構成員五十人と戦闘した後、負傷したラオ村の住人全員を闇で治療。

そして今日——レインの攻撃《こうげき》からみんなを守るために味方全員へ闇の衣《ころも》を纏《まと》わせた後、霊力を全力で放出したままの死闘《しとう》。

むしろ、ここまでよくもってくれた方だろう。

(だけど、今倒れるわけにはいかない……っ)

俺は震《ふる》える足に鞭《むち》を打ち、必死に立ち上がる。息も絶え絶えになりながら、両の手でしっかり剣を握《にぎ》り締《し》め——真《ま》っ直《す》ぐにレインを見据《みす》えた。

「……報告によれば……。アレン＝ロードルに致命傷《ちめいしょう》を負わせた場合、霊核《れいかく》が暴走状態に入るのだったな……」

奴《やつ》は顎《あご》に手を添《そ》えながら、一人でそんなことを呟《つぶや》く。

「フー＝ルドラスの任務失敗から、およそ二か月……。二か月ならば、たとえ幻霊クラスの霊核でも――いや、幻霊クラスの霊核だからこそ、まだ『表』には出て来られないだろう。さすがに霊力の回復が間に合わないはずだ。……が、念には念を入れておこうか」

レインが天高く太刀を掲《かか》げ、勢いよく床《ゆか》へ突き立てれば――俺の背後に巨大《きょだい》な扉《とびら》が出現した。

(なんだ、これは？)

高さ約五メートル。表面に不気味な紋様《もんよう》の描《えが》かれた両開きの黒い扉。

空中に浮かび上がったそれは、なんともいえない嫌《いや》な気配を発していた。

謎《なぞ》の扉とレイン、俺はその両方に注意を払《はら》いつつ、正眼の構えを維持《いじ》する。

「――八咫《やた》の扉」

奴がそう呟いた直後、ゆっくりと扉が開き――そこから『手』の形をした透明《とうめい》な水が飛び出した。その数は軽く百を超《こ》え、視界一面を水の手が埋《う》め尽《つ》くす。

(これはまた、不気味な技《わざ》だな……っ)

俺は迫りくる水の手に向かって、力いっぱい剣を振るう。

「八の太刀――八咫烏ッ！」

枝分かれした八つの斬撃は、いとも容易《たやす》く水の手を斬り裂《さ》いた。

（……意外に脆《もろ》いぞ）

しかし次の瞬間《しゅんかん》、散り散りになった水はすぐさま結集し、再び『手』の形を取る。

「なっ⁉」

百を超える腕《うで》は俺の全身に纏わり付き、扉の中へ引きずり込もうとしてきた。

「くそ……っ！　なんなんだこの技は……⁉」

素早《すばや》く剣《けん》を振り、水の手を斬り払っていると――レインが口を開いた。

「ふむ、どうやら終わったようだな」

奴の視線の先には――レインの分身によって、小脇《こわき》に抱《かか》えられたリアとローズの姿があった。

「リア、ローズ……っ⁉」

「アレ、ン……ごめん、なさい……っ」

「……すまな、い」

ボロボロになった二人は、水銀のようなもので両手両足を拘束《こうそく》されている。

「レイン、お前……っ」

「安心しろ。まだ殺しはしない。……今はまだ、な」

『今はまだ』――それはつまり、いつかは殺すということだ。

（ふざ、けるな……っ）

頭に血が上った俺は、ありったけの霊力《れいりょく》を注《そそ》ぎ込む。

「うぉおおおおおおおッ！——闇の影《ダーク・シャドウ》ッ！」

凄まじい切れ味を誇《ほこ》る鋭利《えいり》な闇《やみ》で、水の手を粉微塵《こなみじん》に斬り裂いていく。

しかしそれは、水面《みなも》に剣を立てるが如《ごと》く、全く意味のないことだった。

斬っても裂いても削《そ》いでも——透明な水は瞬《また》く間に『手』へ戻《もど》り、俺の全身に絡《から》み付く。

「諦《あきら》めろ、アレン。この封印《ふういん》術を破った者は、これまでただの一人として存在しない。それに、安心するがいい。八咫の扉は、対象の『意識』を封印するものだ。痛みや苦しみもなく、気付いたときにはもうあの世だ」

「誰《だれ》が、諦めるか……！」

俺は持てる力の全てを出し尽くし、必死に抵抗《ていこう》し続けたが……。

ゆっくりと、しかし確実に扉の中へ引きずり込まれていった。

（くそ……っ。何か、何か方法はないのか⁉）

リアとローズは気を失い、ベンさんたちは既に戦闘不能。

レイア先生はここにはいない。

それに何より、アイツは当分、『表』に出られない。

やはり現状、この難局は俺がどうにかするしかない。

かつてないほどに頭を回した結果——たった一つ、薄《うす》く儚《はかな》い『可能性』にたどり着いた。

(でも、これは一か八かの賭《か》けだ……っ)

失敗すれば、その瞬間に全てが終わる。

(だけど、この絶望的な状況を乗り切るには……やるしかない……)

覚悟《かくご》を決めた俺は、ゆっくりと目を閉じた。

自分の意識を内へ内へ、魂《たましい》の奥底《おくそこ》へ沈《しず》めていく。

そうして魂の世界へ入り込んだ俺の前には——。

「——よぉ、そろそろ来る頃《ころ》だと思ってたぜ」

『真の黒剣』を手にしたアイツが、凶悪《きょうあく》な笑《え》みを浮《う》かべて立っていた。

どうやら、こちらの事情を把握《はあく》してくれているようだ。話が早くて助かる。

「クソガキ、ちゃんと『覚悟』は決めて来たんだろうなぁ……ええ?」

「一応、自分なりにな」

俺はコクリと頷《うなず》き、剣を抜《ぬ》き放った。

「ふん、ならいい。——まぁ、『結果』なんざ端《はな》から決まっているが……。精々悔《く》いが残らねぇよう、死ぬ気で掛かって来ぉい!」

奴は凄《すさ》まじい圧を放ちながら、ゆっくりと黒剣を構えた。

「……っ」

思わず尻尾《しっぽ》を巻いて逃《に》げ出したくなるほど、濃密《のうみつ》で息苦しい殺気。

張り詰《つ》めた空気が漂《ただよ》う中、俺は静かに正眼《せいがん》の構えを取った。

（……俺はこれまで、自分のために剣を振《ふ》ってきた）

自分の剣術《けんじゅつ》を磨《みが》くため、自分が強くなるため、自分が上級聖騎士《せいきし》になるため。

でも、それじゃ駄目《だめ》だ。

それだけではまだ、覚悟が足りない。

その程度の気概《きがい》では、アイツに遠く及《およ》ばない。

（リアをローズをミレイを――この国のみんなを守る……！）

みんなが幸せな世界を作るために――俺は斬る！

断固たる覚悟を胸に刻み、呼吸を整えていく。

「はっ、少しはマシな面構《つらがま》えになったじゃねぇか……」

「時間がない。……行くぞ？」

「あぁ、すぱっと綺麗《きれい》にぶち殺してやるよ……！」

俺は『疑似的な黒剣』。

奴は『真の黒剣』。

互《たが》いに得物《えもの》を握り締めた俺たちは――同時に駆《か》け出した。

「――はぁあああああぁあぁッ！」

「――おらぁあああぁあぁぁッ！」

間合い・緩急《かんきゅう》・フェイント――こいつとの勝負にそんな小細工は必要ない。

ただただ純粋《じゅんすい》な力と力のぶつかり合い。

（こいつを……斬る……！）

自分のために、そして何より――みんなのために……ッ！

「――ハアッ！」

「――らぁッ！」

互いの斬撃が交錯《こうさく》し、一瞬《いっしゅん》の静寂《せいじゃく》が訪《おとず》れた。

「か、は……っ」

俺の胸部に深く大きな太刀傷《たちきず》が走った。

（まだ、だ……。まだ、倒《たお》れるな……っ）

腹の奥底からせり上がる血を飲み込み、ゆっくり振り返るとそこには――。

「ぎっ、こんなもんだな」

余裕《よゆう》の笑みを浮かべた、無傷の奴が立っていた。

「く、そ……っ」

どうやら俺の全てを乗せた渾身《こんしん》の一撃《いちげき》は、届かなかったようだ。

必死にもがいた。

みっともなくあがいた。

精一杯《せいいっぱい》背伸《せの》びをした。

それでも……届かなかった。

所詮《しょせん》『落第剣士《けんし》』の俺では、みんなを救うことなんて無理な話だったんだ。

（……ちく、しょう）

視界が大きく揺《ゆ》れ、体から力が抜けていく。

（リア、ローズ……ごめん……っ。俺は、ここまでみたい、だ……）

そうして意識を手放しかけたそのとき、

「クソガキが……。ちっとは成長したじゃねぇか……」

奴の手中にあった『真の黒剣』が――真っ二つに折れた。

するとと次の瞬間、

（こ、これは……っ）

絶大な力の奔流《ほんりゅう》が、俺《おれ》の体を呑《の》み込んだ。

（凄《すご》い……っ。なんて力だ……!?）

胸の傷は一瞬で塞《ふさ》がり、どす黒い闇が全身から吹《ふ》き荒《あ》れた。

「い、いいのか……？」

俺はまだこいつを倒していない。

それなのに……力を借りていいんだろうか？

「なぁにわけのわかんねぇことを抜かしてんだ？　か弱いてめぇが、俺様の『黒剣』を叩《たた》き斬《き》ったんだ。少しぐらい喜んだらどうなんだ……えぇ？」

「いや、でもお前を斬ることはできなかったし……」

「……まさかてめぇ……。この俺に勝つつもりでいたのか……？」

「と、当然だろ！」

負けるつもりで勝負を挑《いど》む奴《やつ》なんていない。

今の勝負だって、本気でこいつを斬り伏《ふ》せるつもりで挑んだ。

「く、くくく……っ。ぎゃっはははははははっ！」

奴はひとしきり大笑いした後、

「――自惚《うぬぼ》れんじゃねぇぞ、クソガキが！　もう数億年、修業《しゅぎょう》してからほざきやがれ！」

耳をつんざくような凄まじい怒声《どせい》を発した。

どうやら今の一言は、ひどく癇《かん》に障《さわ》ったようだ。

「まぁ、なんにせよ……ありがとな」

この力があれば――戦える。

みんなを守ることができる。

「……ふん、せいぜい泥臭《どろくさ》く足掻《あが》きやがれ」

奴はそう言ってこちらに背を向けると、表面がバキバキに割れた岩の上へ――いつもの場所へ戻っていった。

「あぁ、行ってくるよ」

こうして『絶大な力』を手にした俺は、静かに目を閉じ――元の世界へ、神託《しんたく》の十三騎《き》士《し》レイン＝グラッドとの戦いへ戻ったのだった。

■

八咫《やた》の扉《とびら》により、アレンは扉の奥へ引きずり込まれ……。

後に残されたのは、固く閉《と》ざされた黒い扉。

「……アレ、ン？」

「嘘《うそ》、だろう……？」

静寂に包まれた玉座の間に、リアとローズのつぶやきが虚《むな》しく響《ひび》く。

「残念だが、これが現実だ。意識を封印されたアレンは、永遠に暗い闇の中。もう二度と目を覚ますことはない」

レインは感情の読めない表情で淡々《たんたん》と言葉を紡《つむ》ぐ。

「アレン……ごめん、なさぃ……っ」

「すまない……。本当に、すまない……っ」

二人は、ただただ謝罪の言葉を繰《く》り返した。

守られてばかりだった。

役に立てなかった。

それどころか、足を引っ張ってしまった。

後悔《こうかい》や罪悪感といった負の感情が、リアとローズの心を埋《う》め尽《つ》くしていく。

二人の苦しむ姿と謝罪の言葉を耳にしたレインは、罪の意識にその身を焼かれた。

（……仕方がない。これは、仕方がないことなんだ……っ）

歯を食いしばり、そうやって何度も自分に言い聞かせた。

無理矢理にでも、自分の行いを正当化しようとした。

実のところ、レインはその手で人を殺《あや》めたことがない。

彼がこれまで働いた悪事はただ一つ。魂装〈久遠の雫《ラスト・ドロップ》〉の力で、ダグリオに雨を降らせたことだけだ。

村に課された無茶苦茶な重税・村人への不当な暴力・ダグリオ国王の殺害——これらは全て、派遣《はけん》された下っ端《したっぱ》が勝手にやったことだった。

しかし、レインはそんな虫唾《むしず》が走るような下種《げす》の悪行を——見逃《みのが》した。

否《いな》、見逃すしか道はなかった。

表立って組織に逆らえば、彼の望みは叶《かな》わない。

それでは組織に所属した意味がなくなってしまう。

「ふぅー……っ」

罪の意識に潰《つぶ》されそうになったレインは、大きく息を吐《は》き出し——頭を横に振った。

(もう、何も考えるな。『ノルマ』は果たした。これでダグリオは、全て俺のものだ!)

気持ちに踏《ふ》ん切りをつけた彼は、拘束《こうそく》したリアとローズへ目を向ける。

「必要なのは幻霊原初の龍王《ファフニール》のみ、宿主の生死は問わない……という話だったな」

レインはノルマの話を諳《そら》んじた後、

「次はお前たちの番だ。——八咫の扉」

床《ゆか》に突《つ》き刺《さ》した太刀に霊力《れいりょく》を込《こ》め、巨大《きょだい》な二枚の黒い扉を追加で生み出した。

両開きの扉はゆっくりと開き、透明《とうめい》な水の手がリアとローズの体を掴《つか》む。

「……せめて苦しむことなく、安らかに逝《い》ってくれ」

これは、彼なりの『優《やさ》しさ』だった。

神託の十三騎士として、黒の組織の最高幹部を務めるレインは知っていた。

組織の中枢《ちゅうすう》には、人を人とも思わない――狂気《きょうき》の科学者たちがいることを。

リア＝ヴェステリアは、貴重な『幻霊の宿主』。

ローズ＝バレンシアは、かつて世界最強とまで謳《うた》われた『桜華一刀流』の正統継承《けいしょう》者。

そんな極上《ごくじょう》の研究対象を好奇心旺盛な奴等《やつら》が見逃すわけがない。

きっと体のあちこちをいじくり回された挙句、凄惨《せいさん》な最期《さいご》を遂《と》げるだろう。

そんな酷《ひど》い扱《あつか》いを受けるぐらいならば、いっそここで意識を封《ふう》じてしまった方が幸せだ
――レインはそう判断したのだ。

透明な水の手は、リアとローズを扉の中へ引きずり込んでいく。

「「……」」

二人は特に抵抗《ていこう》しなかった。

そもそも両手両足が水銀のような物体で拘束されているうえ、アレンの足を引っ張った
という自責の念が重くのしかかり……。体中のどこを探しても、抵抗する気力が見つから

なかったのだ
「……ごめんね、アレン」

リアが最後にそう呟《つぶや》いた次の瞬間《しゅんかん》――耳をつんざく轟音《ごうおん》が鳴り、おぞましい『闇《やみ》』が玉座の間を埋め尽くした。

「なん、だ……!?」

カランカランという乾《かわ》いた音とともに、レインの足元へ転がってきたのは、見るも無残に破壊《はかい》された八咫の扉の残骸《ざんがい》。

冷たい汗《あせ》が背筋を伝い、唾《つば》を飲み込む音がやけに大きく聞こえた。

(こ、この力は、まさか……!? いや、そんなことは絶対にあり得ない……っ。奴の精神は、完全に封印《ふういん》したはずだ！ そもそも八咫の扉は、これまでただの一度として破られたことがないんだぞ……!?)

レインがゆっくり振《ふ》り返るとそこには――暴力的なまでに荒々《あらあら》しく、どこまでも邪悪《じゃあく》な闇を纏《まと》った、無傷のアレンが立っていた。

「「あ、アレン!?」」

リアとローズの目に希望の光が宿る。

「二人とも、心配をかけたな」

アレンがいつものように優しく微笑《ほほえ》んだ次の瞬間――まるで捕食者《ほしょくしゃ》の如《ごと》き凶暴《きょうぼう》な闇が、リアとローズを呑み込まんとする八咫の扉を貪《むさぼ》り尽くし、その存在を消し去った。

「ば、馬鹿な……!?」

　これまで破られたことのない封印術が、目の前であっさりと丸呑《まるの》みにされる。

　そんな異常事態を前にしたレインは、思わず言葉を失った。

　その間、アレンは目にも留まらぬ速さでリアとローズを回収し、その手足を縛《しば》る水銀を斬《き》り裂く。

「アレン、よかった……。本当に……よかった……っ」

　リアは嬉《うれ》し涙《なみだ》を流しながら彼の胸に飛び込み、

「リアこそ、無事でいてくれて本当によかった」

　そんな彼女をアレンは優しく抱《だ》き締《し》めた。

「アレン、本当に大丈夫《だいじょうぶ》なんだな……!?」

　ローズはペタペタと彼の体を触《さわ》りながら、真剣《しんけん》な表情でそう問い掛《か》けた。

「あぁ、いろいろあったけど……。今はもう大丈夫だよ」

　彼はそう言って、ゆっくりと立ち上がる。

「――悪いけど、二人は少し下がっていてくれないか？　きっとまだ、完璧《かんぺき》には制御仕切れないからさ」

「アレン、もしかしてあなた……⁉」

「わ、わかった……っ」

事情を察した二人は、言う通りに後ろへ跳《と》んだ。

それを確認《かくにん》したアレンは、丸腰《まるごし》のままレインの前に立つ。

「悪い、待たせたな」

「……アレン、お前はいったいなんなんだ？」

レインは重心を後ろに置いた防御《ぼうぎょ》姿勢を取りながら、そんな問いを投げ掛けた。

「『なんなんだ』と言われてもな……。どこにでもいるただの『落第剣士《けんし》』だよ」

「……そうか。では、質問を変えよう。――八咫の扉の中で、いったい何をした？　この短時間で、何がそこまでお前を変えたのだ⁉」

超《ちょう》一流の剣士であるレインは、この場にいる誰《だれ》よりもアレンの変化を感じ取っていた。

「説明すれば、いろいろと長くなりそうだから省くけど……。まぁ確かに、一つ、大きく変わったよ」

アレンはそう言って、何もない空間に向かって右手をスッと伸《の》ばした。

その瞬間――凄《すさ》まじいまでの『圧』が、玉座の間を支配していく。

「……っ」

レインは突き刺すようなプレッシャーを全身に感じながら、強く太刀《たち》を握《にぎ》り締めた。

張り詰《つ》めた空気が場を支配する中、アレンはついに『その力』を解放する。

「滅《ほろ》ぼせ――〈暴食の覇鬼《ゼオン》〉ッ！」

空間を引き裂くようにして『真の黒剣』が姿を現した。

刀身も柄《つか》も鍔《つば》も、全てが漆黒《しっこく》に染まった闇の剣《けん》。

その力の名は――『魂装』。

アレンが死《し》に物狂《ものぐる》いで勝ち取った、至高の一振りだ。

（これが魂装、か）

彼が真の黒剣を握れば、まるで嵐《あらし》のような闇が吹《ふ》き荒《あ》れた。

「ぬぅ……!?」

「きゃぁっ!?」

「こ、これは……っ」

レインもリアもローズも、強烈《きょうれつ》な闇の拡散《かくさん》にたたらを踏む。

（……これが組織の定めた『特級戦力』アレン＝ロードル、か……っ）

その優しい顔に似合わない、どこまでも黒くおぞましい闇。

あまりに邪悪で、あまりに異質で、あまりに巨大な力の塊《かたまり》。

レインはかつてないほど警戒《けいかい》を高め、神経を研《と》ぎ澄《す》ませた。

「さぁ、第三ラウンドと行こうか――レイン」

「あぁ……来るがいい、アレン＝ロードルッ！」

魂装を発現したアレン＝ロードルと神託《しんたく》の十三騎士《きし》レイン＝グラッド、両者の死闘《しとう》が幕を開けたのだった。

■

俺《おれ》は真の黒剣〈暴食の覇鬼《ゼオン》〉を握り締め、レインと視線をぶつけ合う。

（さて、どうするべきかな）

俺はまだ、この力を完全に制御《せいぎょ》できてない。

いや、そもそも『力の把握《はあく》』さえできていない。

（本来なら、魂装の力を熟知してから戦いに臨《のぞ》むのがベストなんだけど……）

今回ばかりは、そうも言っていられない。

ぶっつけ本番だが、一つ一つ確認していこう。

（まずは……威力《いりょく》が低く、扱いやすいこの技《わざ》からだ！）

牽制《けんせい》の一撃《いちげき》として、軽く黒剣を振るう。

「一の太刀――飛影ッ！」

すると次の瞬間――視界を埋《う》め尽《つ》くすほどの巨大な斬撃《ざんげき》が、床をめくりあげながらレインのもとへ突き進む。

「「なっ!?」」

俺とレインは、驚愕《きょうがく》に目を見開いた。

（で、デカい……!?　これじゃまるで冥轟《めいごう》……いや、それ以上だぞ!?）

想像を遥《はる》かに超《こ》える大出力に、俺は思わず言葉を失う。

「いきなり全力で来たか……ッ。だが――千の雫《サウザンド・ドロップ》ッ！」

レインは素早《すばや》く太刀を振るい、透明な水の矢を放つ。

千の矢による迎撃《げいげき》を受けた飛影は――その全てを食《く》らい尽くし、なおもレインのもとへ押し迫《せま》る。

「くっ……ぬぅおおおらぁッ！」

奴《やつ》は横薙《よこな》ぎの一閃《いっせん》を放ち、なんとか飛影を切り払《はら》うことに成功した。

俺はその信じられない光景をただただ呆然《ぼうぜん》として見ていた。

（す、凄《すご》い……っ。ただの小技《こわざ》だった飛影が、一撃必殺の大技《おおわざ》レベルに進化している……！）

「はぁはぁ……。アレンよ、随分《ずいぶん》と『いい性格』をしているじゃないか。まさか、これほどの力を隠《かく》し持っていたとはな……っ」

レインは額に汗を浮《う》かべながら、忌々《いまいま》しげに呟いた。

「別に隠していたわけじゃないさ。この力は、たった今発現したばかりなんだよ」

「『たった今』……？　まさかお前……意識を封印する『八咫の扉《とびら》』の中で、魂装を発現したとでも言うつもりか……!?」

「あぁ、その通りだ」

「ふっ……。その精神力、もはや人の領分を超《こ》えているな……」

奴は苦笑《くしょう》を浮かべながら、超高圧水流を纏った太刀を上段に掲《かか》げて前傾《ぜんけい》姿勢を取った。

「アレン……確かにお前は強い。組織が『特級戦力』に認定《にんてい》したというのも納得《なっとく》のいく話だ……」

「それはどうも」

「だがな、いくらお前が強かろうと、この俺には絶対に勝てん……！　潜《くぐ》り抜《ぬ》けて来た死線と覚悟《かくご》、そして何より『剣術《けんじゅつ》に費《つい》やしてきた時間』が違《ちが》うのだ！」

レインは叫《さけ》び、一足で互《たが》いの間合いを詰めてきた。

「守護《しゅご》一心流《いっしんりゅう》――水の太刀ッ！」

四つに枝分かれした透明《とうめい》な水の斬撃は、俺の首・胴体《どうたい》・両足へ牙《きば》を剝《む》く。

「──時間なら、俺だってたくさん費やしてきたさ」

それはもうたっぷりと十数億年ほどな。

「八の太刀──八咫烏ッ！」

『八つの闇』は『水の四連撃《よんれんげき》』を黒く染め、レインの体に深い太刀傷を刻み付けた。

「ぐ、あ……っ」

大きなダメージを負った奴は、大きく後ろへ跳び下がり、一度態勢を立て直す。

「はぁはぁ……。基礎《きそ》的な剣術も……かなりのものだな……っ」

「まぁ……俺にはそれしかなかったからな」

落第剣士と蔑《さげす》まれて育った俺には、市販《しはん》の教本だけが頼《たよ》りだった。

そこに載《の》っていた剣術の基礎的な修業《しゅぎょう》方法。

正眼《せいがん》の構え、素振《すぶ》り、防御術──それらを文字通り、十数億年と繰《く》り返した果てに身に付けたのが、この我流《がりゅう》の剣術だ。

そんな話を交《か》わしつつ、俺はレインの体を注視した。

（しかし、凄い体だな……）

今の攻防《こうぼう》で奴の衣服が破れ、そこから鋼《はがね》のような筋肉が顔を覗《のぞ》かせている。

どうやら八咫烏は、あの分厚い筋肉に阻《はば》まれたらしく、見た目ほど傷は深くないようだ。

呼吸を落ち着かせたレインが、正眼の構えを取ると――その懐《ふところ》から青い丸薬がこぼれ落ちた。

(あの特徴《とくちょう》的な青色は、『霊晶丸』か……)

確か、ドドリエルが言っていた。

あの丸薬を飲めば、寿命《じゅみょう》と引き換《か》えに一瞬《いっしゅん》で負傷を全快できる、と。

(……せっかくある程度の削《けず》りを入れたのに、ここで回復されるのは厄介《やっかい》だな)

魂装には『持続時間』というものが存在するらしい。

〈暴食の覇鬼《ゼオン》〉がどれぐらいもつのか、全く見当がつかない現状、長期戦はあまり望ましくないな……)

レインが霊晶丸を拾おうと動く瞬間《しゅんかん》、そこが狙《ねら》い目だ。

俺が静かにそのときを待っていると、

「……くだらん」

なんと奴は、床《ゆか》に転がり落ちた霊晶丸を踏《ふ》み潰《つぶ》した。

「なっ⁉」

「……いったい何を驚《おどろ》いているんだ？　あんな黒の組織《ごみ》どもが作った薬に、この俺が頼るとでも思ったのか？」

レインは見るからに不機嫌《ふきげん》そうな表情を浮かべ、自らの所属する組織をはっきり『ごみ』と言い捨てた。

「お前は、どうしてそっち側にいるんだ？」

黒の組織を毛嫌《けぎら》いしながら、黒の組織に所属する。

俺には、その意味がわからなかった。

「……立場を変えねば、手に入らぬものもあるのだ。アレンにも、いつかわかるときが来るだろう」

レインは様々な感情がないまぜになった表情でそう答えた。

「……そうか」

確かザクも同じようなことを言っていたな。

ザク＝ボンバール。

かつてリアを誘拐《ゆうかい》した、黒の組織の一味だ。あいつも何らかの事情を抱《かか》えて、聖騎士協《せいきし》会から黒の組織へと鞍替《くらが》えした男だ。

俺が少し昔のことを思い出していると、

「――お前は眩《まぶ》しいな」

「え？」

「アレンの剣は、真《ま》っ直《す》ぐでひたむきで——美しい。きっとお前が正しくて、俺が間違っているんだろう……」

レインは混乱しているのか、突然《とつぜん》意味のわからないことを口にした。

「だが——お前にお前の正義があるように、俺には俺の正義がある！　悪いが、ここだけは退《ひ》けぬのだ！」

奴は凄まじい雄叫《おたけ》びをあげ、血走った目で斬《き》り掛《か》かってくる。

「——ぬぅん！」

「ハァッ！」

互いの剣《けん》がぶつかり合い、激しい剣戟《けんげき》が始まった。

その後——一合《ごう》二合と剣を重ねるごとに、レインの体へ一つまた一つと太刀傷《たちきず》が増えていく。

「ぐ……っ。まだだ、まだ終わらんぞぉおおお！」

気迫《きはく》の籠《こも》った袈裟《けさ》斬《ぎ》り、俺はそこへ同じ袈裟斬りを重ねた。

まばゆい火花が上がり、鍔迫《つばぜ》り合いが発生する。

「——ぬぉおおおおおおお！」

「はぁあああああああ！」

互いの叫びが交錯《こうさく》し、

「ぬぉ……っ⁉」

力負けしたレインが大きく後ろへ吹《ふ》き飛ばされた。

そしてそこには――仕込みがある。

「二《に》の太刀《たち》――朧月《おぼろづき》」

「ぐ……っ⁉」

事前に仕込《しこ》んでいた斬撃が、奴の脇腹《わきばら》を食い破る。

死角からの一撃を受けたレインは、グラリと姿勢を崩《くず》した。

「――闇の影《ダーク・シャドウ》ッ！」

間髪《かんはつ》を容《い》れず、畳《たた》み掛けるように攻撃《こうげき》を差し込んだ。

研《と》ぎ澄《す》まされた十の闇《やみ》が、大口を開けた化物のようにレインを呑《の》み込まんとする。

「くっ――守護の雫《ガーディアン・ドロップ》ッ！」

奴は咄嗟《とっさ》に全身を透明な水の球体で包む防御術《ぼうぎょ》を展開したが……。

「馬鹿な……⁉」

闇は水の球体へ牙を突《つ》き立て、水の守りを浸食《しんしょく》していく。

（あり得ん……っ。ただの闇が、なんてふざけた威力をしているんだ……⁉）

レインは慌《あわ》てて守護の雫《ガーディアン・ドロップ》を解除し、大きく後ろへ飛び退《の》いた。

「はぁはぁ……接近戦では少々分《ぶ》が悪い、か……っ」

奴は肩《かた》で息をしながら、冷静に現在の戦況《せんきょう》を読む。

それからレインは大きく息を吐《は》き出し――突然、天高く太刀を掲げた。

（……アレはデカいな）

奴の太刀に凄《すさ》まじい霊力《れいりょく》が集結している。

どうやら、かなりの大技を放とうとしているようだ。

「先に忠告しておこう――お前が避《よ》ければ、碌《ろく》な結果にならんぞ？」

準備の整ったレインは、俺《おれ》の背後で倒《たお》れている上級聖騎士に視線をやった。

「確かに、そうみたいだな」

奴の放つ大技を避ければ――背後にいる上級聖騎士たちは、ただじゃ済まない。

次の一撃《いちげき》に限り、俺は回避《かいひ》という選択《せんたく》を取ることができない。

絶対にこの場で迎《むか》え撃《う》たなければならないのだ。

「まさか子どもを相手に……こんな卑怯《ひきょう》な真似《まね》をせねばならんとはな……っ」

奴は小さく何事かを呟《つぶや》いた後、天高く掲げた太刀を鞘《さや》に納めた。

「……行くぞ」

「あぁ、来い……っ！」

緊迫《きんぱく》した空気が漂《ただよ》う中、レインは一思いに剣を抜き放った。

「食《く》らえ――龍の雫《ドラゴン・ドロップ》ッ！」

龍《りゅう》の姿を成した膨大《ぼうだい》な水が凄まじい勢いで殺到《さっとう》する。

「な、なんて霊力なの……⁉」

「避けるんだ、アレン！」

これまでとは規模の違う攻撃に、リアとローズの悲鳴が響《ひび》く。

（……本当にとんでもない霊力だな）

こんなものをまともに食らえば、即死《そくし》は免《まぬが》れないだろう。

俺は迫《せま》りくる水龍《すいりゅう》をギリギリまで引き付け――近接攻撃最強の一撃を解き放つ。

「五《ご》の太刀《たち》――断界《だんかい》ッ！」

世界に亀裂《きれつ》が走り、水龍は真っ二つに両断された。

凄まじい衝撃波《しょうげきは》が拡散し、王城の天井《てんじょう》と外壁《がいへき》が吹き飛ぶ。

しんしんと降り注ぐ雨に打たれながら、俺とレインの視線が交錯した。

「……龍の雫《ドラゴン・ドロップ》をも断《た》ち斬る、か。――見事だ、アレン。よくぞその若さで、これほどの力を手に入れた。神より授《さず》かりし類《たぐ》い稀《まれ》な天賦《てんぷ》の才能・小柄《こがら》ながらも鍛《きた》え抜かれた肉体・研ぎ澄まされた剣術――きっと地獄《じごく》のような修業を乗り越《こ》えてきたのだろう。もはや天晴《あっぱれ》というほかない」

どこか晴れ晴れとした表情で、奴《やつ》は朗々とそう語った。

「このまま順当に育てば、お前はいつか必ず、世界を舞台《ぶたい》に活躍《かつやく》する超《ちょう》一流の剣士《けんし》となろう――だが、それゆえに残念だ。こんなところで、その芽を摘《つ》まねばならんとはな……ッ！」

奴は親指を軽く噛《か》み、そこから零《こぼ》れた血液で自らの胸に『十字』を描《えが》く。

「――禁術血命の羽衣《ブラッディ・ローブ》」

レインの全身を真紅《しんく》の水が包み込む。

「……いったい何をしたんだ？」

「自らの寿命を削り、絶大な力を得る禁術――それが血命の羽衣《ブラッディ・ローブ》だ」

「なるほど、手強《てごわ》そうだな」

俺は正眼の構えを維持《いじ》したまま、赤い水衣《みずごろも》を纏《まと》ったレインを見据《みす》えた。

（……似ている）

奴の血命の羽衣《ブラッディ・ローブ》は、リアの龍王の覇魂《ドラゴン・ソウル》やイドラの飛雷身《ひらいしん》とよく似ていた。

その効果はおそらく『身体能力』や『魂装の出力』を向上させる類のものだろう。

「──ここから先はもはや剣術《けんじゅつ》勝負ではない。血で血を洗う死闘《しとう》、真実『殺し合い』だ」

「あぁ、望むところだ」

剣士の勝負は真剣《しんけん》勝負。手加減するつもりも、されるつもりもない。

「ふっ。では、行くぞ！」

レインがニッと笑った次の瞬間──視界の中心に収めていた巨躯《きょく》が消えた。

「──こっちだ」

「あぁ、ちゃんと見えているよ」

俺は奴の高速移動に対応し、背後から振《ふ》り下ろされた斬撃《ざんげき》を半身になって回避する。

「まだまだァ！　守護一心流──林《りん》の太刀ッ！」

レインは流れるような動きで、斬り下ろしから突きへと移行してみせた。

（やっぱりそう来たか……！）

これは予想通りの展開だ。

レインの剣術はどこまでも基本に忠実──だからこそ、次の一手が読みやすい。

腹部へ迫る刺突《しとつ》に対し、俺は斬り上げを合わせていく。

「──ハァッ！」

「ぬぉ⁉」

完璧《かんぺき》なタイミングの迎撃《げいげき》を受け、奴の両腕《りょううで》は真上に跳《は》ねた。

目の前に広がるガラ空きの胴体《どうたい》。俺はそこへ、しっかりと体重を乗せた横蹴《よこげ》りを放つ。

「セイッ！」

「くっ⁉」

身をよじってなんとか直撃《ちょくげき》を避けようとするレインの脇腹へ、俺の足が深々とめり込んだ。

「が、ふ……っ」

二メートルを超《こ》える巨体《きょたい》が宙を舞《ま》い、大きく後ろへ吹き飛ぶ。

(手応え十分、今が攻め時《せ》だッ！)

爪先《つまさき》に重心を乗せ、さらなる追撃《ついげき》を仕掛《し》けようとしたそのとき、

「──まだまだぁっ！」

痛みに怯《ひる》むことなく、レインは即反撃《そくはんげき》に転じてきた。

「なに⁉」

予想外の事態。

一瞬《いっしゅん》体が硬直《こうちょく》し、コンマ数秒だけ反応が遅《おく》れてしまった。

そのわずかな隙《すき》をレインの刺突が正確に射抜《いぬ》く。

「そぉらぁっ！」

「……っ」

左肩《ひだりかた》に鋭《するど》い痛みが走り、俺は後ろへ跳《と》び下がった。

（どういうことだ？）

さっきの一撃には、相当な手応えがあった。

（まさかすぐに立ち上がるだけじゃなく、即反撃に打って出てくるとは……）

負傷した左肩を闇で治療《ちりょう》しつつ、レインの全身をつぶさに観察すれば――あることに気付いた。俺が蹴り抜いた脇腹の部分だけ、水の衣《ころも》が分厚くなっているのだ。

「……なるほど、そういう使い方もできるのか」

レインは身に纏った水をクッションのようにして、ダメージを大きく減少させたらしい。

さすがは神託《しんたく》の十三騎士《きし》。魂装の力を完璧に使いこなしている。

「文字通り、攻防《こうぼう》一体の水の衣。いい能力だな」

「ふっ、お前の『闇』ほど万能《ばんのう》ではないがな」

その後――俺たちの死闘は壮絶《そうぜつ》を極《きわ》めた。

「――はぁあああああああッ！」

「──ぬぅおおおおおおおおッ！」

渾身《こんしん》の力を込《こ》めた剣が、雨の中にいくつもの火花を咲《さ》かせていく。

「す、凄《すご》い……っ」

「速過ぎる……。目で追うのがやっとだ……ッ」

リアとローズは、呆然《ぼうぜん》とこちらを見つめていた。

「桜華一刀流奥義《おうぎ》──鏡桜斬《きょうおうざん》ッ！」

「守護一心流奥義──円環《えんかん》の太刀ッ！」

八つの斬撃と弧《こ》を描くような丸い斬撃が激突《げきとつ》し──消滅《しょうめつ》した。

今や身体能力は、完全に拮抗《きっこう》している。

（血命の羽衣《ブラッディ・ローブ》、本当に厄介《やっかい》な能力だな……っ）

レインの腕力《わんりょく》・脚力《きゃくりょく》・俊敏《しゅんびん》性、どれも先ほどとは比較《ひかく》にならないほど向上している。

（だけど、さっきから何かおかしいぞ……）

血命の羽衣《ブラッディ・ローブ》を発動してからというもの、奴は『物理一辺倒《いっぺんとう》』。

これまで見せていた千の雫《サウザンド・ドロップ》・八咫の扉・擬態の雫《ミミック・ドロップ》といった特殊《とくしゅ》な技《わざ》は、ただの一度も使ってこない。

水の矢を織り交ぜた波状攻撃・透明《とうめい》な水の手による足止め・分身体による単純な数のゴ

り押しなどなど。身体能力が並んだ今、レインの手には有効な攻撃手段がいくつもあるはずなのだが……。何故《なぜ》か一向に、仕掛けてくる素振《そぶ》りを見せない。

そこで一つの仮説が浮《う》かび上がった。

（もしかして……。他の能力を使わないんじゃなくて、使えないのか？）

先ほどレインは血命の羽衣《ブラッディ・ローブ》のことを『自らの寿命《じゅみょう》を削《けず》り、絶大な力を得る禁術』と言っていた。

（命を削るほどの大技《おおわざ》だ。他のリスクが――血命の羽衣《ブラッディ・ローブ》の発動中、他の能力が使えないという制約があってもおかしくはない）

俺はこの仮説を検証すべく、闇《やみ》を薄《うす》く広く展開し、レインの周囲を取り囲んだ。

「――闇時雨《やみしぐれ》ッ！」

三百六十度全方位から、雨粒《あまつぶ》の如《ごと》き微細《びさい》な闇を射出した。

闇時雨の威力《いりょく》は闇の影《ダーク・シャドウ》に遠く及《およ》ばないが、単純な攻撃範囲《こうげきはんい》は圧倒《あっとう》的にこちらが上だ。

言うならばこれは、『質』よりも『量』に重点を置いた技である。

（さぁ、これをどう捌《さば》く？）

レインが他の能力を使えるのならば、先ほど見せた球体防御《ぼうぎょ》――守護の雫《ガーディアン・ドロップ》を展開し、いとも容易《たやす》くガードしてみせるだろう。

もしもそれを実行しないのであれば、俺《おれ》の仮説が実証される。

「くっ、守護一身流——嵐《らん》の太刀《たち》ッ！」

奴は苦虫を噛み潰《つぶ》したような表情を浮かべた後、まるで嵐《あらし》のように荒々《あらあら》しく剣《けん》を振るった。

しかし、超高速で迫る闇の粒《つぶ》を完璧に捌き切ることはできず、

右肩《みぎかた》と左脇腹《ひだりわきばら》に闇の粒が被弾《ひだん》した。

「ぬぐ……っ」

（やっぱりそうか！）

俺の予想した通り、血命の羽衣《ブラッディ・ローブ》の展開中、レインは他の能力を使えないらしい。

（そうとわかれば、こっちのものだ……！）

向こうに曲がり手や搦《から》め手《て》がないのなら、もはや過度な警戒《けいかい》は不要。

圧倒的な『パワー』と『物量』で、真っ正面からゴリ押せばいい！

「——はぁあああああああッ！」

ここが勝負どころと判断し、莫大《ばくだい》な霊力《れいりょく》を〈暴食の覇鬼《ゼオン》〉に注《つ》ぎ込めば——全身からどす黒い闇が噴《ふ》き出し、天へ立ち昇《のぼ》る巨大《きょだい》な『闇柱《やみばしら》』が生まれた。

「……よもや、ここまでとは……ッ」

レインは天を仰《あお》ぎ見ながら、ポツリと何事かを呟《つぶや》く。

「そろそろ決着を付けようか……レイン！」

「ふっ、望むところだ……！」

互《たが》いの視線が交錯《こうさく》し、最後の攻防が始まる。

「──闇の影《ダーク・シャドウ》ッ！」

「守護一身流──炎《えん》の太刀ッ！　雷《らい》の太刀ッ！　雪《せつ》の太刀ッ！」

俺がありったけの闇を解き放てば、真紅の水衣を纏ったレインが斬《き》り払《はら》っていく。

「ハァアアアアアアッ！」

「ぬぉおおおらぁあああああッ！」

漆黒《しっこく》の闇と真紅の水衣は、幾度《いくど》も幾度も衝突《しょうとつ》と霧散《むさん》を繰《く》り返し、霊力の煌《きら》めきが戦場を彩《いろど》った。

もはや意地と意地のぶつかり合い。体力・霊力・精神力を擦《す》り減らす泥沼《どろぬま》の消耗《しょうもう》戦。

俺かレイン、どちらが先に果てるか──ただそれだけのシンプルな勝負だ。

互いの力が拮抗する中、レインは気を吐《は》きながら、鬼気迫《ききせま》る勢いで剣を振るう。

「……こんなところで、折れるわけにはいかぬ……ッ。あの子のためにも、あの子たちのためにも……！」

どうやら奴《やつ》の両肩《りょうかた》には、絶対に譲《ゆず》れない『ナニカ』が乗っているらしい。

（だけど、それはこっちだって同じだ……ッ）

俺がここで押し負けたら、リアやローズ・ベンさんたち上級聖騎士《せいきし》のみなさん・ミレイをはじめとしたダグリオに住む人たち——その全員が殺されてしまう。

この黒剣には、みんなの命が乗っているんだ。

たとえどれだけ苦しくても、ここで折れるわけにはいかない。

「アレン……！」

「勝て……ッ！」

リアとローズ、二人の力強い声援《せいえん》が背中を押してくれた。

「うぉおおおおおお……ッ」

互いの雄叫《おたけ》びが重なり、視線と眼光がぶつかり合う。

（……負けてたまる、か……っ。俺には、これしかないだろうが……！）

剣術《けんじゅつ》の才能のない俺が誇《ほこ》れる、たった一つの長所——十数億年の修業《しゅぎょう》に耐《た》え抜いた『忍耐力《にんたいりょく》』。

（鮮《あざ》やかじゃなくてもいい、綺麗《きれい》じゃなくてもいい……ッ）

だけど——泥臭《どろくさ》い『我慢《がまん》比べ』だけは、『自分の土俵』では絶対に負けるものか……！

（苦しくても前を向け！　歯を食いしばって根性《こんじょう》を見せろ！　今この瞬間《しゅんかん》に全てを出し切れ……ッ！）

自分の限界を超《こ》えたその先にこそ……活路が開ける……！

「ま、だまだぁあああ……！」

俺は体中の霊力を燃やし、闇の出力を跳ね上げた。

「こ、の……化物が……ッ」

無限に湧《わ》き上がる闇を見て、『分《ぶ》が悪い』と判断したのだろう。

レインは大きくバックステップを踏《ふ》み、闇の濁流《だくりゅう》から逃《のが》れんとした。

「逃《に》がすか！」

俺は闇を広域に拡散させ、奴の周囲を一瞬にして黒で埋《う》め尽《つ》くした。

「ぐっ、ここまで自由に操《あやつ》れるとは……。恐《おそ》ろしいまでの汎用《はんよう》性だな……っ」

「これで終わりだ――闇の影《ダーク・シャドウ》ッ！」

俺が黒剣を振《ふ》り下ろせば、レインのもとへ鋭利《えいり》な闇が殺到《さっとう》する。

しかし次の瞬間、

「守護一心流秘奥義《ひおうぎ》――破刃《はじん》の太刀ッ！」

レインはその全てを一刀のもとに斬り捨てた。

体を覆《おお》う赤い水衣《みずごろも》を刀身に凝縮《ぎょうしゅく》させ、斬れ味を極限にまで高めた至高の斬撃《ざんげき》。防御を捨てたその攻撃は、恐るべき威力を誇っていた。

「やはりまだ子ども！　勝ちを急ぐその青さ、が……!?」

レインの顔が、驚愕《きょうがく》に揺《ゆ》れる。

それも無理のない話だ。

俺は既《すで》に――奴の懐《ふところ》深くに踏み込んでいるのだから。

「――さすがだな、レイン。やっ、やっぱり闇の影《ダーク・シャドウ》を破ってきたか」

俺は神託の十三騎士レイン＝グラッドの強さを他の誰《だれ》よりも認めていた。

こいつならば、きっと闇の影《ダーク・シャドウ》を突破《とっぱ》してみせる――そう信じていた。

だからこそ、『第二の刃《やいば》』を用意しておいたのだ。

「……見事だ、アレン＝ロードル」

刹那《せつな》の会話が途切《とぎ》れ、レインは静かに目をつぶる。

「七《なな》の太刀《たち》――瞬閃《しゅんせん》ッ！」

神速の居合斬《ぎ》りが魂装〈久遠の雫《ラスト・ドロップ》〉を両断し、奴の腹部に深い太刀傷を刻み付けた。

「が、ふ……っ」

レインは大きく体を揺らし、そのままゆっくりと後ろへ倒《たお》れた。

あの傷では、もう戦いを続けることはできないだろう。

「くっ、くくく……、げほがふ……ッ。……はぁはぁ……。ここまでしても勝てぬとは……。

──勝負ありだ。

いっそ、清々《すがすが》しいまでの敗北、だな……っ」

奴は荒《あら》い息を吐きながら、笑った。

その声はどこか嬉《うれ》しそうでもあり、また悲しそうでもあった。

「──レイン。大人しく、聖騎士のお縄につけ」

「……元来、生殺与奪《せいさつよだつ》は勝者の権利であるが……すまんな。先も言った通り、この戦いはもはや『剣術勝負』ではない。──許せ」

奴は申し訳なさそうに詫《わ》び、自らの血で奇妙《きみょう》な紋様《もんよう》を床《ゆか》に描《えが》いた。

すると次の瞬間──王城全体が大きく揺れ、真紅《しんく》の光線が四方八方へ駆《か》け巡《めぐ》る。

線と線は収束と反発を繰り返し、十重《とえ》二十重《はたえ》と巨大な輪を織り成していった。

それはまるで、おとぎ話に出てくる魔法陣《まほうじん》のようだ。

「なんだ、これは……!?」

吹《ふ》き抜《ぬ》け状態となった王城から、外へ目を向ければ──不気味な赤光《しゃっこう》が、地平線の彼方《かなた》まで伸《の》びていた。

どうやらこの魔法陣は、ダグリオ全域に展開されているらしい。

「レイン、いったい何をした⁉」

「俺がダグリオを支配してから数年、ひたすらこの地に溜《た》め込んできた霊力——その全てを解放させてもらった」

「なんだと⁉」

神託《しんたく》の十三騎士《きし》が数年にわたって溜め込んだ霊力。そんなものが一度に解放されれば、『天災』規模の大破壊《だいはかい》が起こるだろう。

「じきにここら一帯は更地《さらち》になる。アレンも原初の龍王《ファフニール》の宿主も、そこに転がっている上級聖騎士たちも——全員死ぬ。この一件は、それで終わりだ」

「ば、馬鹿なことはやめろ！　そんなことをすれば、お前だってただじゃ済まないぞ⁉」

「いいや、問題ない。なにせ大元は全て、俺の霊力だからな。さすがに無傷とまではいかんが、命を落とすことはない」

レインは虚《うつ》ろな瞳《ひとみ》で、天を仰ぎ見る。

その視線は、戦闘《せんとう》の余波で崩落《ほうらく》した天井《てんじょう》を突《つ》き抜け、分厚い雨雲の奥を見据《みす》えていた。

「……アレン、お前は強過ぎた。悔《くや》しいが、俺一人の力では到底《とうてい》かなわん。——だから、一度全てを『リセット』することにしたんだ」

まるで自棄《やけ》になったかのように、奴は無茶苦茶なことを口にする。

「これより先に待ち受けるのは、情け容赦《ようしゃ》のない徹底《てってい》的な破壊。……原初の龍王《ファフニール》は少々惜《お》しいが、幻霊は他にもまだ確認《かくにん》されている。ノルマの達成は、また次の機会へ持ち越すとしよう」

静かに目をつぶるレインに対し、俺ははっきりと告げる。

「悪いが、リセットなんかさせない。リアもローズも――ベンさんたち上級聖騎士のみんなも、誰一人として殺させやしない！」

「ふっ、そうか……。では、精々無駄《むだ》な足掻《あが》きを見せてくれ――真紅の雫《レッド・ドロップ》」

レインがポツリと呟いた次の瞬間――分厚い雨雲の奥から、『真紅の雫《レッド・ドロップ》』がタラリと垂れ落ちた。

「……は？」

その瞬間、わかった。――否《いな》、わからせられた。

自分がどれだけ無謀《むぼう》なことを口にしたかを。

「じょ、冗談《じょうだん》……だろ……？」

天より降り注ぐ真紅の雫は、まさに『破壊の化身《けしん》』。

これまでとは規模の違《ちが》う別次元の霊力。

超《ちょう》高度から落下する爆発《ばくはつ》的な質量。

あれが落ちれば、ここら一帯が更地になるどころの騒《さわ》ぎではない。

このダグリオ全域が、文字通り『更地』になってしまうだろう。

「……これは無理だ……っ」

神託の十三騎士レイン＝グラッドが、数年掛《が》かりで練り上げた究極の一撃《いちげき》は、人の領域を超越《ちょうえつ》したものだった。

ただ呆然《ぼうぜん》と迫《せま》り来る雫を見つめていると、

「侵略《しんりゃく》せよ――〈原初の龍王《ファフニール》〉ッ！」

「染めろ――〈緋寒桜《ひかんざくら》〉ッ！」

満身創痍《そうい》のリアとローズが両隣《りょうどなり》に並び、魂装を展開した。

「――大丈夫《だいじょうぶ》よ、アレン。あなたには、私たちがついているから！」

「微力《びりょく》ながら、援護《えんご》させてもらおう！」

二人はそう言って、一歩前へ踏み出す。

（……そう、か）

どうやら俺は、少し勘違《かんちが》いをしていたようだ。

『俺《おれ》が』どうにかしないと。

『俺が』なんとかしないと。

『俺が』一人で頑張《がんば》らないと。

小さい頃《ころ》からずっと一人で友達のいなかった俺は、ついついなんでも『俺が』と考えがちだった。

だけど、孤独《こどく》な時代はもう過ぎ去った。

リア＝ヴェステリアにローズ＝バレンシア――今の俺には、こんなにも頼《たの》もしい仲間がいる。

一人ではなく、仲間たちと。

『俺』がではなく、『俺たち』が。

これからはそうやって、みんなで戦っていくんだ。

「……ありがとう、二人とも」

決意を新たに、黒剣をしっかり握《にぎ》り締《し》めると、

「――おいおい、アレン。俺たちを忘れてもらっちゃ困るぜ？」

片足を引きずったベンさんが、ポンと背中を叩《たた》いた。

「ベンさん……!?　大丈夫なんですか!?」

「へっ。見ての通り、ボロ雑巾《ぞうきん》もかくやというザマだが……。若いのがこれだけ凄《すげ》ぇ根性

を見せてんのに、古株の俺らが寝《ね》ているわけにはいかねぇさ。——なぁ、お前ら！」

彼が大声でそう呼び掛《か》けると、

「上級聖騎士《せいきし》の意地、見せてやらぁ……！」

「あったりめぇよ！」

「ま、まだまだ元気いっぱいだぜ！」

上級聖騎士のみなさんはそう言って、ゆっくりと立ち上がった。

その姿を見たベンさんは、「おぅ、いい空元気じゃねぇか！」と満足気に頷《うなず》く。

「ちっとばかし、頼《たの》んねぇかもしれんが……。俺たちにも格好つけさせてくれや！」

「いえ、ありがとうございます。とても心強いです……！」

みんなから勇気と力を分けてもらった俺は——再び顔を上げ、破壊の化身である真紅の雫《レッド・ドロップ》と向き合う。

すると、

「——お兄ちゃーんっ！　頑張ってーっ！」

背後から聞き覚えのある子どもの声が響《ひび》いた。

「ミレイ⁉」

振り返るとそこには、小さなスコップを持ったミレイと——鍬《くわ》や鋤《すき》といった、武器になりそうな農具を手にしたラオ村のみなさんがいた。

「アレン殿《どの》、どうかラオ村を――この国を救ってくだされ……っ」

村長が頭を下げると、他の村人もそれに続いた。

「――はい、任せてください！」

俺たちの士気が最高潮に達したところで、ベンさんが大声を張り上げる。

「それではこれより、『最終作戦』を伝達する！　お前ら、耳をかっぽじってよぉく聞け！　目標は上空より落下するあのクソでけぇ赤い雫だ！　作戦内容は至って簡単！　ありったけの遠距離攻撃《えんきょりこうげき》を叩き込んでぶっ壊《こわ》す――以上！」

「「おぅっ！」」

そうして部隊の指揮を執《と》った彼は、最後にポンと俺の肩《かた》を叩いた。

「俺らは限界ギリギリまで粘《ねば》って、少しでもあの雫を削《けず》る。だからよ、最後の一撃は任せるぜ？」

「はい！」

「うっし！　――それじゃお前ら、全霊力《れいりょく》を解放しろ！」

「「おぉうっ！」」

ベンさんたちは一斉《いっせい》に魂装を解放し、真紅の雫に狙《ねら》いを定めた。

「──爆裂の種《ブラスト・シード》ッ！」

「──龍王の覇撃《ドラゴン・ブレス》ッ！」

「──桜吹雪《さくらふぶき》ッ！」

ベンさんの種爆弾《ばくだん》・リアの炎《ほのお》・ローズの桜、数多《あまた》の遠距離攻撃が空を埋《う》め尽《つ》くす。

総攻撃が始まってから、およそ一分弱が経過した頃──霊力切れにより、一人また一人と膝《ひざ》を折っていく。

「はぁはぁ……。すまねぇ……アレン。もう……霊力が尽きた、ぜ……」

「アレン。後は全て……あなたに任せるわ……っ」

「……本当はもっと削っておきたかったが……。もう、限界のよう、だ……」

ベンさん・リア・ローズの三人は、息も絶え絶えになりながら最後の襷《たすき》を渡《わた》してくれた。

「──あぁ、ありがとう」

もう十分だ。みんなからは、十分過ぎるほどの力をもらった。

「ふぅー……っ」

空を見上げれば、視界一面を埋め尽くす真紅の雫。

凄《すさ》まじい轟音《ごうおん》を立てながら落下するそれは、巨大《きょだい》な隕石《いんせき》と見紛《みまが》うほどのものだ。

（……デカい……）

みんなの総攻撃によって、実際は小さくなっているんだろうけれど……。

互《たが》いの距離《きより》が近付いたからか、真紅の雫はむしろ大きくなっているように見えた。

「……責任重大だな」

あんなものが落ちれば、間違《まちが》いなくこの国は滅《ほろ》びるだろう。

そうなれば当然、俺たちも無事では済まない――おそらくほぼ全員が死ぬ。

黒剣を握り締めたまま、静かに目を閉じ、精神を集中させていく。

（……俺はまだ、〈暴食の覇鬼《ゼオン》〉の力を完全に掌握《しょうあく》し切れていない）

だけど、俺は――これ以上望むべくもない、最高の『お手本』と何度も剣《けん》を重ねてきたはずだ。

（……思い出せ）
ア、アイツの闇《やみ》を。
あの全身が竦《すく》み上がるほどに濃密《のうみつ》で絶対的な闇を。

（……イメージしろ）

自分があの力を振《ふ》るう姿を。

あの絶対的な力を支配したその姿を。

（俺が思い描《えが》く『最強の自分』を……今、ここに映し出せ！）

体に残された全霊力を〈暴食の覇鬼《ゼオン》〉へ注《そそ》ぎ込んだ次の瞬間《しゅんかん》――深淵《しんえん》を思わせる別次元の闇が吹《ふ》き荒《あ》れた。

それは意思を持っているかのように大地を這《は》いずり回り、真紅《しんく》の魔法陣《まほうじん》を漆黒《しっこく》に染め上げ、瞬《また》く間《ま》にダグリオ全域を埋め尽くしていく。

「「「……っ」」」

その異様な光景に誰《だれ》もが息を呑《の》み、静寂《せいじゃく》がこの世界を支配した。

(これが今の俺の全力、ありったけのフルパワーだ……!)

黒く暗く重い、深淵の剣を携《たずさ》えた俺は――最強の遠距離攻撃を解き放つ。

「六《ろく》の太刀《たち》――冥轟《めいごう》ッ!」

極大の黒い斬撃《ざんげき》が天を駆《か》け、真紅の雫と激しく激突《げきとつ》した。

凄まじい衝撃波《しょうげきは》が世界を蹂躙《じゅうりん》し、各所で悲鳴があがる。

(お、重い……ッ)

かつて経験したことのない強烈《きょうれつ》な衝撃が両手を伝い、吹きすさぶ烈風《れっぷう》が頬《ほお》を斬《き》り裂《さ》く。

(……く、そ……。このままじゃ、押し負ける……っ)

神託《しんたく》の十三騎士《きし》が、数年掛かりで築き上げた究極の一撃。

膨大《ぼうだい》な霊力に大きな落下エネルギーの加わったそれは、信じられないほどの破壊力《はかい》を内

包していた。

「――無駄だ、アレン！　真紅の雫《レッド・ドロップ》は、全てを破壊する最強の一撃！　たとえお前がどれほど強かろうと、これを打ち砕《くだ》くことは決してかなわん！　この国は、未来永劫《えいごう》『雨』の中！　そうでなくては、困るのだ……ッ！」

様々な感情の入り混じったレインの雄叫《おたけ》びは、

「「――いっけぇぇぇぇぇぇぇぇぇ、アレンッ！」」

ベンさんたちの野太い声によってかき消された。

「お兄ちゃん、頑張ってーっ！」

ミレイの張り裂けんばかりの声援《せいえん》。

「アレン、お前ならば絶対にやれる！　私はそう信じているぞ！」

ローズの心強い言葉。

そして最後に――。

「アレン、お願い……負けないで……！」

リアの心の籠《こも》った叫《さけ》びが、大きな力をくれた。

(この剣には、みんなの命と希望が載《の》っているんだ。絶対に負けてたまるか……ッ)

十数億年の間、ただひたすらに磨《みが》き続けた剣術《けんじゅつ》。

(俺《おれ》はこの力で、みんなを守るんだ……！)

断固たる決意を抱《いだ》き、不退転《ふたいてん》の覚悟《かくご》を結んだそのとき——満身創痍《そうい》の体から、『不思議な闇』が解き放たれた。

(これ、は……!?)

今までの冷たく邪悪《じゃあく》な闇とは違《ちが》い、温かく優しい——どこか懐かしい感じのする闇。

二種類の闇が交ざった冥轟は、一気にその威力《いりょく》を跳《は》ね上げ、真紅の雫を押し返し始めた。

(これなら……いける！)

最初で最後の勝機を見出《みいだ》した俺は——腹の底から叫ぶ。

「——晴れろぉおおおおおおおおッ！」

刹那《せつな》、極大の『黒』が『赤』を呑み込み、破壊の化身《けしん》である真紅の雫は消し飛んだ。

空を覆《おお》っていた黒く分厚い雲が晴れ、明るく優《やさ》しい太陽の光が降り注ぐ。

「や、やった……っ」

俺がポツリとそう呟《つぶや》いた次の瞬間、

「「——ぃよっしゃぁああああああっ！」」

ダグリオ中から、歓喜《かんき》の声が沸《わ》き上がった。

「凄《すご》い凄い！　もう凄過ぎだよ、アレン！」

「まったくお前という奴《やつ》は、本当に大した男だな……！」

リアが俺の胸に飛び込み、ローズがポンと肩を叩く。

それに続いて、ベンさんたち上級聖騎士のみなさんも駆け寄って来た。

「――てめぇ、アレン！　よくやったじゃねぇか！」

「さっきの黒い斬撃、信じられねぇ霊力だったぜ！」

「あぁ、ありゃ完璧《かんぺき》に人間を辞《や》めた瞬間だったな！」

「とにかく、こいつは大手柄《おおてがら》だぜ！　アレン＝ロードル、『救国の英雄《えいゆう》』様ょぅ！」

俺は興奮冷めやらぬといった様子の上級聖騎士のみなさんから、揉《も》みくちゃにされた。

そうして神託の十三騎士レイン＝グラッドを打ち倒《たお》した俺たちが、歓喜の声をあげていると――再び、ポツポツと雨が降り出した。

しかし、その勢いはあまりに弱く、小雨《こさめ》と呼ぶのも憚《はばか》られるものだ。

空を見上げてみれば、王城を囲うようにして、薄《うす》い雨雲が浮《う》かんでいた。

「はぁはぁ……っ」

背後を振り返ると――地面に這いつくばった満身創痍のレインが、折れた魂装を握《にぎ》り締《し》めていた。

わずかな霊力を注ぎ込み、必死に雨を降らせるその姿には、鬼気迫《ききせま》るものがある。

（いったい何が、レインを突《つ》き動かしているんだ……？）

俺がそんなことを考えていると、

「――ちっ、おいこらてめぇ！　いい加減、無駄《むだ》な抵抗《ていこう》はやめろ！」

一人の上級聖騎士《せいきし》が、納刀した状態の剣を振り上げた。

すると次の瞬間、

「――やめてっ！」

十歳にも満たない小さな女の子が、レインを庇《かば》うようにして立ち塞《ふさ》がる。

「な、なんだこいつ……？　いったいどこから……？」

予期せぬ乱入者に上級聖騎士が戸惑《とまど》っていると、

「――せ、セレナ!?　何故《なぜ》、出てきたんだ!?」

レインは大きく目を見開き、セレナと呼ばれた女の子の肩を揺《ゆ》らした。

「だ、だって……。お義父《とう》さんが、いじめられていたから……っ」

「……そう、か……。お前は本当に優しい子だな……」

二人の会話を耳にしながら、周囲を見回すと――床《ゆか》の一部が、扉《とびら》のように跳ね上がっているのが目に入った。

（あれは……『隠《かく》し扉』か）

よくよく目を凝《こ》らせば、隠し扉の内側には分厚い水の膜《まく》が張られていた。おそらくは、魂装〈久遠の雫《ラスト・ドロップ》〉の防御《ぼうぎょ》術だろう。

どうやらセレナは、あそこに隠れていた――いや、隠されていたようだ。

レインがこうまでして雨を降らせる理由は、きっとあの小さな女の子にあるのだろう。

「――なぁレイン。もしよかったら、話してくれないか？　お前がこんなことをしたのには、何か大きな事情があるんだろう？」

何故、黒の組織を『ごみ』とまで言い捨てるこいつが、組織に身を置くのか。

何故、これほどまで雨を降らせることに固執《こしつ》するのか。

そして何より、セレナという謎《なぞ》の女の子。

（やっぱり俺には、このレインという男が根っからの悪人には見えない……）

こんな真似《まね》をしているのにはきっと、何か深い事情があるはずだ。

「……っ」

奴はグッと歯を食いしばって周囲を見回し、最後にセレナを見つめた。

おそらく『彼女の今後』を考えているのだろう。

「お前はこの後、聖騎士協会へ連行される。その子のことを考えるなら、隠さずに事情を話した方がいい」

真実を話すのか、黙秘《もくひ》を選ぶのか。

選択次第《せんたくしだい》によって、レインの罪の重さは大きく変わってくる。

それがセレナの処遇《しょぐう》に大きな影響《えいきょう》を与《あた》えることは、間違いないだろう。

そのことを理解したレインは、

「…………あぁ、わかった」

長い沈黙《ちんもく》の後、コクリと頷《うなず》いた。

「――俺は昔、小国の紛争《ふんそう》地帯で孤児《こじ》院を開いていた。身寄りのない戦災孤児を集めてな。みんなで助け合って、みんなで生きていく。貧困《ひんこん》ながらも、幸せで満ち足りた毎日だったよ……」

古きよき日を噛《か》み締めるようにして、レインはゆっくりと語り始める。

「だが、その幸せは一夜にして崩《くず》れ去ってしまった……。あれは忘れもしない、五年前の穏《おだ》やかな春の日のことだ。その日は、普段通り穏やかに平和に始まった。みんなで畑を耕して、一緒《いっしょ》にお昼ごはんを食べた後、俺は一人で月に一度の買い出しへ向かった。遠方で開かれる闇市《やみいち》で、生活に必要な最低限の物資を買って帰るとそこは……この世の地獄《じごく》だった。俺の大切な子どもたちは……みんな、魔獣《まじゅう》に食われていたんだ……ッ」

そのときのことを思い出したのだろう。

レインは強く拳《こぶし》を握り締め、声を震《ふる》わせていた。

「俺はすぐさま剣を引き抜《ぬ》き、魔獣どもを一匹《ぴき》残らず皆殺《みなごろ》しにしてやったよ。血の海に立つ俺の胸に残ったのは、果てのない無力感・埋《う》めようのない喪失感《そうしつかん》・どうしようもない絶望感……あのときの気持ちは、とても言葉で言い表せるものじゃない。とにかく、生きる気力を根こそぎ奪《うば》われたんだ。それから少しして、みんなの亡骸《なきがら》を埋葬《まいそう》しなくては、と思ったそのとき――一人の女の子が息を吹き返した。それが、セレナだ」

レインは慈愛《じあい》に満ちた表情で、優しくセレナを抱き寄せた。

「俺はすぐさま病院へ駆け込み、全財産をはたいて治療《ちりょう》してもらった。幸いにも、セレナは一命を取り留めたが……。魔獣は『呪《のろ》い』という最悪の置き土産《みやげ》を残した」

呪いは、魔獣が行使する未解明の力だ。

効果・発動条件・解呪《かいじゅ》方法、その詳細《しょうさい》については、ほとんど何もわかっていない。

「セレナは『雨の呪い』を掛《か》けられてしまった。これは雨の降っている場所では、永遠に無害だが……。ひとたび『雨の外』へ出れば、火に炙《あぶ》られるような激痛が全身を駆け巡《めぐ》り――やがて死に至る。医者の話を聞いて、俺は思わず固まったよ。この呪いによる死亡率は、百パーセントだそうだ……」

百パーセント──それはつまり、確実な死を意味する。

「その後、俺は新聞の天気予報を片手に西へ東へ走り回った。ただひたすら、雨の降る地を求めてな。──だが当然、そんな生活が長く続くわけもない。夏が来れば、雨雲はすっかり姿を消してしまった。カンカン照りの日差しが降り注ぎ、セレナは地獄の苦しみを味わうことになる。俺はそれを、ただ指を咥《くわ》えて見ていることしかできなかった……ッ。自分の無力とあまりにも残酷《ざんこく》な運命を呪い、激情のままに泣き叫んだそのとき──『神様』が現れたんだ」

「……神様？」

「あぁ、自らを『時の仙人《せんにん》』と名乗る不思議な老爺《ろうや》だ」

「……っ」

予想だにしない名前が飛び出し、俺は思わず息を呑《の》んだ。

（時の仙人!?　もしかしてレインは、一億年ボタンの呪いを破った『超越者《ちょうえつしゃ》』だったのか……!?）

ゆっくりと息を吐《は》き出し、精神を落ち着かせ、話の続きに耳を傾《かたむ》ける。

「俺はその後、神様の力によって不思議な世界へ誘《いざな》われ……文字通り、地獄のような時間を過ごした。耐《た》え難《がた》き孤独《こどく》と苛烈《かれつ》な修業《しゅぎょう》の果て、ついに雨を降らすことのできる魂装

〈久遠の雫《ラスト・ドロップ》〉を発現したんだ」

レインはそう言って、中ほどから折れた太刀《たち》に視線を落とす。

「俺は歓喜に打ち震えたよ。この力があれば、雨の呪いを無害化できる。セレナは普通《ふつう》の人生を送れる。——だが、そんな喜びも束《つか》の間《ま》のことだった。俺たちは一か月とせず、村から追い出されてしまった……」

奴は憔悴《しょうすい》した表情で、言葉を紡《つむ》いでいく。

「この雨は、術者を中心にしか展開できない。俺が動けば、それに連動して雨も動いてしまう。長雨の原因が俺だということは、そう長く隠し通せるものじゃなかった。『出ていけ、雨男』、そう言ってよく追い出されたものだ……」

確かに自身を中心にしか雨を降らせられないのであれば、遅《おそ》かれ早かれ、いずれは気付かれてしまうだろう。

「村を追い出された俺は、セレナと一緒に別の村へ移った。しかし、『雨男』の噂《うわさ》は瞬《また》く間に広がり、俺たちはすぐに追い出された。そうして行く当てもなく彷徨《さまよ》っていると——黒の組織から勧誘《かんゆう》を受けた。『仲間にならないか?』とな」

そういえば……レイア先生は「黒の組織は超越者を集めている」と言っていた。

おそらく組織は、独自の情報網《もう》で『レインが超越者である』ということを知ったのだろう。

「最初はもちろん断ったが……。奴等《やつら》はそれを予想していたかのように、『取引』を持ち掛けてきた」

「……取引？」

「あぁ。どうやら組織は、こちらのことをよく調べ上げていたようでな……。『ノルマさえこなせば――幻霊という化物さえ捕獲《ほかく》すれば、国を丸々一つやろう。そこでセレナと一緒に暮らせばいい。雨でもなんでも、好きなだけ降らせてな』と言ったのだ」

セレナに掛けられた雨の呪い。

レインたちの置かれた過酷《かこく》な状況《じょうきょう》。

組織はその全てを知ったうえで、取引の話を持ち掛けたようだ。

「決断を下すのに、そう時間はかからなかった。個人が国を支配することは不可能だが……。『黒の組織』――延《ひ》いては神聖ローネリア帝国《ていこく》という超《ちょう》大国がバックにつけば、話は大きく変わってくる。だから俺《おれ》は、悪魔《あくま》に魂《たましい》を売った。自分が間違《まちが》ったことをしているのは、百も承知の上だ。しかし、あのとき俺は誓《ちか》ったんだ。亡《な》くなった子どもたちの分まで、セレナを幸せにする、とな」

レインの瞳《ひとみ》からは、強い覚悟《かくご》の色が読み取れた。

「その後は知っての通り、晴れの国ダグリオは『雨の国』へ変わった。……これが俺の話せる全てだ」

同情に憐憫《れんびん》、なんとも言えない空気が場を支配する中――俺はとある可能性を提案してみることにした。

「雨の呪いなら、なんとかなるかもしれないぞ」

「……なんだと？」

「この闇《やみ》は、病気以外のありとあらゆるものを癒《いや》すんだ。もちろん、魔獣の呪いも例外じゃない」

「――う、嘘《うそ》をつくな！　これまで魔獣の呪いが解かれた例は、たったの一例として存在しない！　希少な『回復系統の魂装使い』ですら、匙《さじ》を投げているんだぞ!?」

「そう言われてもな……。解けるものは、解けるんだよ」

なんて言えば、この話を信じてもらえるだろうか。

そんなことを考えていると、レインはゴクリと唾《つば》を呑み、真剣《しんけん》な目をこちらへ向けた。

「ほ、本当に……セレナの呪いは、解けるのか……？」

「あぁ、それが呪いであるならば確実にな」

「……そう、か……」

奴《やつ》はボロボロになった体をなんとか引きずり起こし――深く頭を下げた。

「こんなことを頼《たの》める義理でないのは、重々理解しているつもりだ。しかし、それでも……恥《はじ》を承知でお前に頼む。――後生《ごしょう》だ。セレナの呪いを解いてやってくれないだろうか……っ」

「あぁ、もちろんだ」

俺はその望みを快諾《かいだく》し、早速《さっそく》セレナに掛けられた『雨の呪い』を見せてもらうことにした。

「――これ、この変な痣《あざ》だよ」

彼女はそう言って、右の手のひらを開く。

見るとそこには、赤黒い紋様《もんよう》が浮《う》かび上がっていた。

（なるほど、白百合女学院のリースさんに掛けられた呪いとよく似ているな……）

これなら、なんの問題もなく解けそうだ。

「それじゃ、ちょっと動かないでくれよ」

「う、うん……」

意識を集中させ、セレナの右の手のひらへ闇を纏《まと》わり付かせた。

薄《うす》く柔《やわ》らかく、悪いものを消すような感覚で。

すると――赤黒く変色した肌《はだ》は、みるみるうちにもとの美しい肌へ戻《もど》っていった。

「き、消え……た……？」

「まさか本当に、こんなことが……!?」

セレナとレインはまるで魔法《まほう》でも見たかのように、大きく目を見開く。

「よし。これでもう大丈夫《だいじょうぶ》だ。――レイン、雨を止めてみてくれ」

「あ、あぁ……！」

奴が霊力《れいりょく》の放出をやめると同時、弱々しい雨が上がった。

「セレナ、体の具合はどうかな？」

「――うん、大丈夫みたい！　お兄ちゃん、ありがとう！」

無事に雨の呪いから解放された彼女は、嬉《うれ》しそうに笑う。

「あぁ、どういたしまし――」

優《やさ》しく微笑《ほほえ》み掛けた直後――大粒《おおつぶ》の涙《なみだ》を流したレインが、俺の手をギュッと握《にぎ》り締《し》めた。

「れ、レイン……？」

「ありがとう、本当にありがとう、アレン……！　この大恩は、一生忘れぬ。いつの日か必ず、絶対に返させてもらおう……っ」

奴はそう言って、何度も何度も感謝の言葉を述べた。

それからしばらくして、レインとセレナは上級聖騎士《せいきし》たちに連行された。

二人の今後がどうしても気になったので、それとなくベンさんに聞いてみると……彼は自分の考えを口にする。

「セレナについては、なんの心配もいらんな。あの子はなんの罪も犯《おか》していないし、何よりもまだ未成年だ。きっと聖騎士協会の運営する児童保護施設《しせつ》で、ごく普通の生活を送ることになるだろう。ただ、レインの方は……ちょいとわかんねぇな」

彼は腕組《うでぐ》みをしながら、唸《うな》り声をあげた。

「なんと言っても奴は『神託《しんたく》の十三騎士《きし》』、敵側の最高幹部……。聖騎士協会の上層部がいったいどんな処罰《しょばつ》を下すのか、下《した》っ端《ぱ》の俺なんぞには皆目見当《かいもく》つかん。――ただまぁ、『死刑《しけい》』の線はないと見て間違いねぇだろう」

「ほ、本当ですか？」

「あぁ。レインは根っこまで腐《くさ》った極悪人《ごくあくにん》じゃねぇし、何よりも一国を落《お》とすほどの超巨《きょ》大《だい》戦力だ。おそらくは高度に政治的な判断のもと、超法規的な措置《そち》が取られるだろうよ」

「そうですか」

俺がホッと胸を撫《な》で下ろしていると、南の方から――聖騎士協会ダグリオ臨時支部の辺りから、白い信号弾《だん》が打ち上がった。

「白一発ってこたぁ……『本部』からの入電だな。どうやら聖騎士協会のお偉方《えらがた》は、遠見《とおみ》の魂装かなんかで、こっちの戦況《せんきょう》を見ていやがったらしい。まったく、助平《すけべ》な奴等だ」

ベンさんは眉間《みけん》に皺《しわ》を寄せながら、毒を吐く。

この反応を見る限り、上層部に対していくらかの不信感を抱《いだ》いているようだ。

「悪いな、アレン。俺はこれから大急ぎで支部へ戻って、本件の詳細《しょうさい》を報告せにゃならんようだ。本来ならこの後すぐ、お前さんを称《たた》える祝勝会をド派手に開くつもりだったんだが……。それはまた今晩にさせてくれや」

彼は右手を顔の前へ上げ、申し訳なさそうにそう言うと、駆《か》け足《あし》で支部の方へ走り出した。

「できれば、普通の祝勝会をお願いしたいなぁ……」

そんな俺の儚《はかな》い希望は、風に乗って消えていく。

「――アレン。私たちも、一度ダグリオ臨時支部へ帰りましょう」

「私も、今日ばかりは本当に疲《つか》れた。宿舎に戻って、みんなでゆっくりするとしよう」

「あぁ、そうだな」

その後、リア・ローズと一緒《いっしょ》にダグリオ臨時支部へ向かう道中、俺はぼんやりと空を見上げる。

（それにしても、本当にいろんなことがあったな……）

黒の組織の支配からダグリオを解放し、延々と降り注ぐ雨を止め、レインとセレナを苦しめる雨の呪《のろ》いを解く。

これほどの大きな出来事が、ほんの数時間の内に起こったのだ。

今日はまさに『激動の一日』と呼んで差し支《つか》えないだろう。

（まぁとにかく、全てが丸く収まって本当によかった）

澄《す》み切った青空はどこまでも続き、優しい太陽の日差しがダグリオを照らす。

悪夢のような長雨は、ようやく終わりを告げた。

この先はきっと、『晴れの日』が続くことだろう。

■

あれから数日後、俺たちはベンさんをはじめとした大勢の上級聖騎士のみなさんに見送られながら、晴れの国ダグリオを発《た》った。

二時間ほど小型飛行機に揺《ゆ》られた後、ようやく聖騎士協会オーレスト支部に到着《とうちゃく》する。

「ふぅ……。なんだか、久しぶりに帰ってきた感じがするな」

「ええ、そうね」

「うむ、いろいろと大変だったからな……」

実際ダグリオに滞在《たいざい》していたのは、ほんの一週間ほどのごくわずかな期間だったのだが……。そこでの時間があまりにも濃密《のうみつ》過ぎたため、リーンガード皇国の空気が随分《ずいぶん》と懐《なつ》かしく思えた。

「さて、それじゃとりあえず……クラウンさんのところへ行くか」

「うん、詳《くわ》しくお話を聞かなきゃだもんね」

「あぁ、その通りだ」

今回の国外遠征《えんせい》について、クラウンさんとは少しお話をしなければならない。

彼はダグリオのことを比較《ひかく》的落ち着いた場所であり、最初の遠征先として悪くないと言っていたが……それは真っ赤な嘘だった。

ダグリオは黒の組織が実効支配する、バッチバチの紛争《ふんそう》地帯。しかも、俺たちが送り込まれたのは、神託の十三騎士レイン＝グラッドに決戦を挑《いど》む前日。

この事実を聖騎士協会オーレスト支部の支部長であるクラウンさんが、まさか知らないはずもないだろう。

（多分、何かしらの考えがあって送り出したんだろうけど……）

とにかく一度、詳しく話を聞いてみる必要がある。

小型飛行機から降りた俺《おれ》たちは、聖騎士協会オーレスト支部の支部長室へ足を向けた。

■

受付で話を通した俺たちは、支部長室の前で軽く身だしなみを整える。

俺が一つ咳払《せきばら》いをしてから、目の前の扉《とびら》をノックすれば――「どうぞー」とクラウンさんの軽い返事があった。

「――失礼します」

ゆっくり扉を開くとそこには、

「みなさん、お疲れ様っす！」

ニヘラと柔和《にゅうわ》な笑《え》みを浮かべたクラウンさん。

「あら、アレンくんやないの。久しぶりやなぁ、元気そうで何よりやわぁ」

そしてさらに『狐金融《きつねきんゆう》』の元締《もとじ》め、リゼ＝ドーラハインの姿があった。

「あれ、リゼさん……？」

「り、リゼ＝ドーラハイン……!?」

「あの『血狐《ちぎつね》』が、いったい何故《なぜ》ここに……っ」

予想外の人物に、リアとローズは大きく目を見開く。

「ふふっ、なんや凄《すご》い活躍《かつやく》やったって聞いてるよ？　さすがうちの一押しの子やわぁ」

リゼさんはそう言って、とても優しげな表情でコロコロと笑う。

ダグリオの一件については、もう耳にしているらしい。

「ありがとうございます。……ところで、どうしてリゼさんがここに？」

ここは聖騎士協会オーレスト支部。

『五豪商《ごごうしょう》』の一人である彼女とは、あまり縁《えん》がない場所のはずだ。

「クラウンとは、昔からの馴染《なじ》みでなぁ。たまにこうして遊びに来てるんよ」

「あはは。リゼさんには、お世話になりっぱなしっす」

「なるほど、そうだったんですか」

世間は狭《せま》い。思いもよらぬところで、横の繋《つな》がりがあるものだ。

そうして簡単な挨拶《あいさつ》を済ませたところで、俺は早速《さっそく》本題へ入ることにした。

「――ところでクラウンさん。少しお話があるんですが、よろしいでしょうか？」

「あ、あー……。やっぱりそうっすよねぇ……っ」

彼は頬《ほお》をポリポリと掻《か》きながら、苦笑いを浮かべる。

やはりダグリオの現状について知った上で、俺たちをあそこへ送り込んだようだ。

「――その件については、本当に申し訳ございませんでした」

クラウンさんは、帽子《ぼうし》を取って深く頭を下げた。

そこにいつものふざけた様子は、微塵《みじん》も見られない。しっかりと誠意の籠《こも》った、真剣《しんけん》な謝罪だ。

「きゅ、急に真面目になったわね……っ」

「なにか、やむにやまれぬ事情でもあったのか？」

あまりにいさぎのよい謝罪に対して、リアとローズは少し困惑《こんわく》していた。

「ローズさんの仰《おっしゃ》る通り、こちらにも複雑な事情があったんです。言い訳がましく聞こえるかもしれませんが……少しだけ、ボクの話を聞いていただけませんか？」

「はい、もちろんです」

俺の返答に追従して、二人はコクコクと頷《うなず》いた。

「では――結論から先に申し上げましょう。今回ボクがアレンさんたちを決戦前日のダグリオへ送り込んだ目的は、ベンたちダグリオ臨時支部へ派遣《はけん》された上級聖騎士を助けるためです」

「ベンさんたちを助けるため、ですか？」

「はい。聖騎士協会の本部は、神託の十三騎士レイン＝グラッドを過小評価していた。奴《やつ》は恐《おそ》ろしく強い。確かにベンたちは優秀《ゆうしゅう》な上級聖騎士ですが……あのレインを相手にするのは、さすがに荷が勝ち過ぎる。もしも本気で奴を討《う》つつもりならば、『七聖剣《しちせいけん》』を動かすべきなんです」

七聖剣、聖騎士が誇《ほこ》る『人類最強の七剣士《けんし》』の総称《そうしょう》だ。

「ここだけの話、ボクとベンは同期でしてね……。さすがに彼を見殺しにすることはできない。『殲滅作戦《せんめつさくせん》』の日取りが決まってから、ボクは何度も上層部へ意見書を提出しました。『現状では明らかに戦力不足だ』、とね。しかし、彼らの頭は本当に固い……。残念ながら、全て突《つ》っぱねられました」

クラウンさんはポリポリと頬を掻き、苦々しい笑みを浮《う》かべた。

「そんな風に上へ楯突《たてつ》いてばかりいたもんですから……つい先日、左遷《させん》されてしまいましてね。本部勤めから、ここの支部長へ飛ばされました。なけなしの地位と権力を失ったボクが、どうにかできないものかと頭を悩《なや》ませていたそのとき――千刃学院さんから、まさに天恵《てんけい》のようなお話が届いたんです」

「千刃学院からって、まさか……」

「はい。『上級聖騎士の特別訓練生として、アレン＝ロードル・リア＝ヴェステリア・ローズ＝バレンシアの三名を推薦《すいせん》する』、というレイア理事長からのお申し出です」

クラウンさんはそう言って、机の中から三枚のプリント用紙を取り出した。

それは俺たち三人のプロフィールと千刃学院の校印が押された推薦状だ。

「アレン＝ロードルの名前を見て、ボクは確信しました。これは千載一遇《せんざいいちぐう》の大チャンスだ、と」

彼はスッと目を細めて、話を続ける。

「実のところ、アレンさんのことはかなり前から知っていたんです。なにせあのリゼさんが、『これは凄いもん見つけたわ！』と興奮気味に語っていたのでね」

リゼさんの方をチラリと見れば、彼女はニコニコと微笑《ほほえ》みながら、小さく右手を振《ふ》った。

「期せずしてアレン＝ロードルという『強力なカード』を手にしたボクは、この奇跡《きせき》のようなチャンスをものにするため、あなたたちにダグリオの正確な現状を伏《ふ》せたまま、国外遠征という形で送り出しました。大五聖祭《だいごせいさい》でシドー＝ユークリウスを破り、剣王祭でイドラ＝ルクスマリアを打ち倒《たお》し、リゼさんの心を摑《つか》んだアレンさんならば――レイン＝グラッドを討てる。そう信じての行動でした」

クラウンさんの顔は、真剣そのものだ。

「結果――アレンさんのおかげで、ダグリオ臨時支部の聖騎士《せいきし》は、たった一人の犠牲者《ぎせいしゃ》も出すことなく、無事に殲滅作戦を成《な》し遂《と》げることができました。ラオ村での戦闘《せんとう》および村人全員の治療《ちりょう》、レインの討伐《とうばつ》、真紅の雫《レッド・ドロップ》の迎撃《げいげき》。八面六臂《はちめんろっぴ》の大活躍《だいかつやく》だったと聞いています。――同期のベンたちを救っていただき、ありがとうございました」

感謝の言葉を口にしたクラウンさんは、もう一度深く頭を下げた。

「ここまでいろいろと述べてきましたが、ボクがアレンさんたちを騙《だま》したことに変わりはありません。この度《たび》は——本当に申し訳ございませんでした」

まさに誠心誠意、心の籠った真摯《しんし》な謝罪だ。

「……事情はわかりました」

クラウンさんが同期のベンさんたちを助けるため、あの手この手を尽《つ》くしていたことは、とてもよく伝わってきた。

（確かに俺たちは、今回の件でとても大変な目に遭《あ》ったけど……）

結果を見れば、リアとローズは無事だし、ダグリオの人たちは黒の組織の支配から解放された。

クラウンさんにもいろいろな事情があったみたいだし、誠意の籠った謝罪も受けた。

個人的には、これ以上目くじらを立てる必要もないかな、と思う。

リアとローズの方へ視線を向ければ、二人はコクリと頷いた。

どうやら、考えはみんな同じようだ。

「——クラウンさん。今回の件については、全て水に流します。ただ……もしまた今度、同じようなことがあったときは、ちゃんと事前に相談してくださいね？　俺なんかでよければ、いつでも力になりますから」

「……ありがとうございます」

彼はそう言って、深く頭を下げた後、

「――アレンさん。最後に一つだけ、お願いごとをしてもよろしいでしょうか？」

クラウンさんは、恐る恐る人差し指を立てた。

「お願い、ですか？」

「はい。今回実施《じっし》したダグリオへの国外遠征については、誰《だれ》にも話さないでほしいんです。もちろん、理事長のレイアさんにも」

「それは……何故でしょうか？」

「なんと言いますかその……。今回の件が表沙汰《おもてざた》になるのは、『制度上』非常によろしくないんですよ」

「制度上……？　あぁ、そういうことですか……」

きっと彼は、『特別訓練生制度』の存続について気に掛《か》けているのだろう。

俺たちが利用したこの制度は、今年新設されたばかりのものであり、その目的は優秀な学生の囲い込みだ。

しかし、今回みたく『特別訓練生は危険な紛争地へ飛ばされる』といった噂《うわさ》が広まれば、志願する生徒は大きく減少するだろう。

そうなればこの制度自体が破綻《はたん》するかもしれないし、最悪の場合『学生の聖騎士離《ばな》れ』が起きてしまうかもしれない。

クラウンさんは、それを危惧《きぐ》しているようだ。

「こんなことを頼《たの》める立場でないのは、重々承知しているのですが……。聖騎士協会のさらなる発展——延《ひ》いては世界情勢の安定のため、ダグリオの一件について、どうか他言無用でお願いできないでしょうか？」

クラウンさんはそう言って、もう一度頭を下げた。

もし万が一、学生の聖騎士離れが起きれば……聖騎士協会は衰退《すいたい》していき、世界情勢は今よりももっと不安定になるだろう。

当然それは、望ましいことじゃないし……ここまで必死に頼み込まれては、中々に断りづらい。

（まぁ……俺《おれ》たちがダグリオの一件を秘密にしたとして、大きな問題はない、よな？）

今回の一件は、異例中の異例。こういったことは、今後二度と起こり得ないはずだ。

「はぁ……わかりました。ダグリオの件は、誰にも口外しません」

俺が仕方なく承諾《しょうだく》すれば、

「――さっすがアレンさん、話のわかる男っすねぇ！　ほんっとに助かります！」

クラウンさんは、いつもの軽い調子に戻《もど》った。

……やっぱりこの人は、どこか胡散臭《うさんくさ》い。

「ほらほら、リアさんもローズさんも！　アレンさんがこう言ってくれているんすから、ここは一つ他言無用でお願いできないっすかねぇ……？」

彼は両手を擦《こす》り合わせながら、必死に頼み込んだ。

「もう、アレンはほんとに甘いんだから……」

「うむ……。その点については、同感だと言わざるを得ないな……」

リアとローズは揃《そろ》ってため息をついた後、ダグリオの一件については口外しないと約束した。

とにもかくにも――こうしてクラウンさんとの話し合いを終えた俺たちは、支部長室を後にして、久しぶりに千刃学院の寮《りょう》へ帰ったのだった。

■

アレン・リア・ローズの三人が支部長室から退出した直後、

「ふぅー……。なんとかやり過ごせたっすねぇ……」

無事に話をまとめることに成功したクラウンは、ホッと胸を撫《な》で下ろした。

「アレンくんは、ほんに優《やさ》しい子やからなぁ……。よほどのことやないとそう怒《おこ》らんよ」

「聞いていた通り、超《ちょう》が付くほど真《ま》っ直《す》ぐでお人好《ひとよ》しな方っすねぇ……」

アレンの有用性に大きな価値を見出《みいだ》したクラウンは、一人悪巧《わるだく》みを考え始める。

「クラウン？　一応忠告しとくけど……。あの子の優しさに付け込んで、ふざけたことしたら……わかってるよなぁ？」

それを見透《みす》かしたリゼは、柔《やわ》らかい笑《え》みを浮かべて釘《くぎ》を刺《さ》した。

部屋の空気がドロリと濁《にご》り、息苦しいほどの殺気がうねりを上げる。

（ちゅ、『忠告』というか……。これはもう完全に『脅《おど》し』っすね……っ）

自分の想像よりも遥《はる》かに深く、リゼは『アレン＝ロードル』に入れ込んでいる。

それを瞬時《しゅんじ》に理解したクラウンは、アレンを利用した悪巧みを諦《あきら》め――大袈裟《おおげさ》に首を横へ振った。

「もちろんっすよ！　リゼさんのお気に入りには、もう絶対に手を出さないっす！」

「そう、ならええんよ」

重苦しい殺気が鳴りを潜《ひそ》め、張り詰《つ》めた空気が弛緩《しかん》したところで――彼は小さくため息をついた。

（はぁ……。少し……いや、かなりもったいないっすけど……。アレンさんからは、手を引いた方が良さそうっすねぇ……)

リゼと付き合いの長いクラウンは知っている。

彼女の容赦《ようしゃ》のなさを、独占欲《どくせん》の強さを、そして何より――恐ろしいほどのしつこさを。

(しかし、この入れ込みようは……少し異常っす……)

いい意味でも悪い意味でも、リゼは飽《あ》き性《しょう》だ。

これまで大事にしていたものが、次の日にはガラクタへ変わる。

唯一《ゆいいつ》大事にしているのは、妹のフェリス＝ドーラハインのみ。

そんなリゼがこうして数か月もの間、特定の個人へ執着《しゅうちゃく》するのは異常なことだった。

(これは……まだ何か『隠《かく》してる』っすねぇ……)

アレン＝ロードルには、自分が知らされている以上の『裏』がある。

その確信を得たクラウンは、リゼの逆鱗《げきりん》に触《ふ》れないよう細心の注意を払《はら》いつつ、ひそかにアレンの身辺を洗うことを決めた。

「それにしてもアレンくん、えらい頼もしい顔つきになってたなぁ……。初めて大同商《だいどうしょう》祭《さい》で会ったときとは、まるで別人のようや。はぁ、うちが後もう一回り若ければなぁ……」

「そうっすねぇ。さすがに三十を超《こ》えると――」

クラウンが相槌《あいづち》を打った次の瞬間《しゅんかん》――彼の帽子は、まるで草花が枯れるようにして、塵となって消えた。

「――私はまだ二十九だ。二度目はないぞ？」

北訛《きたなま》りの抜《ぬ》けた、完璧《かんぺき》な標準語。

リゼが本気で怒ったときにのみ見られる、非常に珍《めずら》しいものだ。

「た、大変失礼しました……っ」

生命の危機を感じたクラウンは真摯《しんし》に謝罪し、すぐさま別の話題を振る。

「そ、そう言えば……ついにアレンさんが、魂装を発現しましたね！　そろそろ本格的に、黒の組織が狙《ねら》ってくるんじゃないっすか？」

「うーん、そうやなぁ……。アレンくんは、この数か月でフー＝ルドラスとレイン＝グラッド――神託《しんたく》の十三騎士《きし》を二人も仕留めとるさかい、いつ刺客《しかく》が送られて来ても不思議やないねぇ……」

リゼは何度か頷《うなず》きながら、まるで他人事《ひとごと》のようにそう呟《つぶや》いた。

「干渉《かんしょう》しなくてもいいんすか？　もしかすると、上位の神託の十三騎士が来るかもしれませんよ？」

「ふふっ、あの子は死なんよ。なんせアレンくんの霊核《れいかく》は――あのゼオンやからなぁ！」

彼女はそう言って、まるで少女のように目を輝《かがや》かせた。

「考えられるか、クラウン？　まだ十五やそこらの学生が、あのゼオンから力を奪《うば》ったんやで？」

「いやぁ、とんでもない才能っすねぇ……」

クラウンは何度も頷いた後、

「――でも、しんどいっすねぇ」

複雑そうな微笑《ほほえ》みを浮《う》かべた。

「ん、どういうことや？」

「いやぁ、凄《すご》い重荷だなって思いまして……。正直ボクが彼の立場なら、全部放り投げて逃《に》げちゃうっす！」

「ふふっ、あの子の精神力は、もはや人間のそれやないからなぁ……。多分、途方《とほう》もない時間を『時の世界』で過ごしたんやろ。もしかしたら……『一億年』もの間、ずっと時の世界におったんかもしらんでぇ？」

冗談《じょうだん》めかすリゼに対し、クラウンは肩《かた》を揺《ゆ》らして笑う。

「さすがにそれはあり得ないっすよ。現在確認《かくにん》されている最長記録が『千年』っすから」

「ふふっ、せやな。今のは、ちょっとした冗談や」

二人は『馬鹿げた話』として、笑い飛ばしているが……。

実際にアレンが、時の世界で過ごした時間は『十数億年』。彼はあの地獄《じごく》のような世界を十数回とループしていた。

「――ほな、うちはそろそろドレスティアへ帰らせてもらうわ。次の商談があるさかいな」

「了解《りょうかい》っす！　それじゃ先のお話通り、ボクはベンたちの口止めをしておきますね」

「早めにやってや？　あんまり遅《おそ》いと……ベンたちみんないい、バラしてしまうよ？」

「りょ、了解っす……！」

リゼは今回、ダグリオの大事件から『アレン＝ロードル』に関する一切《いっさい》の痕跡《こんせき》を消すために動いていた。

その目的はたった一つ。

『世界の目』から、アレンの存在を秘匿《ひとく》することだ。

（ふふっ、まだや……。あの子はまだまだもっと強くなる……！）

リゼは待っていた。

アレン＝ロードルという至高の果実の熟《う》れるのを。

彼がいつの日か、世界に『大変革』を巻き起こすそのときを。

（ふふっ、ほんまに楽しみやなぁ……っ）

こうしてリゼ＝ドーラハインとクラウン＝ジェスター――裏社会に根を下ろす二人の密談が、静かに幕を閉じたのだった。

■

ダグリオへの遠征《えんせい》を終えた俺は、残り僅《わず》かとなった長期休暇《きゅうか》を全て素振《すぶ》りに費《つい》やし――迎《むか》えた十二月一日。

俺はリアと一緒《いっしょ》に千刃学院へ登校し、一年A組の教室で、少したくましくなったクラスのみんなと挨拶《あいさつ》を交《か》わす。

一週間ぶりの再会ということもあって、自然と雑談にも花が咲《さ》き――気付けば、ホームルームの開始を告げるチャイムが鳴った。

俺たちがそれぞれの席に着いた頃《ころ》、勢いよく教室の扉《とびら》が開かれ、元気はつらつとしたレイア先生が入ってきた。

「――おはよう、諸君！　一週間の長期休暇、さぞ有意義な時間が過ごせたことだろう！　さて、それでは早速《さっそく》一限の授業へ――と行きたいところだが……。喜べ！　今日はなんと学生生活におけるビッグイベント『転校生』がやって来たぞ！」

彼女が高らかにそう言い放つと、教室がにわかにざわつき始める。

「うわぁ、転校生だって……どんな子だろ⁉」

「男の子かな？　女の子かな？」

「しかし、五学院である千刃学院への転校か……。よほど腕《うで》が立つんだろうな」

「ふっふっふっ、喜べ野郎《やろう》ども！　転校生はなんと、超が付くほどの『美少女剣士《けんし》』だ！

──さぁ、入ってくれ！」

先生の大声を合図にして、教室の扉がゆっくりと開かれた。

そこから入ってきた転校生は、俺のよく知っている『あの人』だった。

（おいおい、冗談だろ……っ）

肩口《かたぐち》ほどで整えられた、艶《つや》のある美しい黒髪《くろかみ》。身長は百六十五センチほどだろう。品のある美しい顔立ち・きめの細かな白い肌《はだ》・細い体から伸《の》びたすらっとした手足、どこか品のあるその立ち姿は、遠目からでも目を引くことだろう。

千刃学院の男子用制服に身を包んだ、美しい女生徒。

ヴェステリア王国親衛隊隊長──クロードさんだ。

彼女は綺麗《きれい》な姿勢で教壇《きょうだん》に上がり、一つ咳払《せきばら》いをしてから自己紹介《しょうかい》を始める。

「──王立ヴェステリア学院から転校してきた、クロード＝ストロガノフだ。よろしく頼《たの》む」

クロードさんが言葉を切ると同時、

「く、クロード……⁉」

リアは「信じられない」といった表情で席から立ち上がった。

「お久しぶりでございます、リア様！」

クロードさんは、大輪の花が咲いたような柔らかい笑みをリアへ向けた後、

「それと……どうやらまだ生きていたようだな、ドブ虫」

あからさまなジト目で、こちらを睨《にら》み付けた。

「あ、あはは……。お久しぶりです、クロードさん……」

呼び方が『ドブ虫』へ戻《もど》っていることにガックリしつつ、とりあえず返事をしておく。

（はぁ……。これはまた、一波乱がありそうだな……）

この先予想される面倒事《めんどうごと》に胃を痛めつつ、俺は大きなため息をつくのだった。

あとがき

読者のみなさま、『一億年ボタン』第五巻をお買い上げいただき、ありがとうございます。作者の月島秀一《つきしましゅういち》です。

早速《さっそく》ですが、本編の内容に触《ふ》れていこうかなと思います。『あとがきから読む派閥《はばつ》』に所属する方は、この先ネタバレありとなっておりますので、どうかご注意くださいませ。

さて第五巻は大きく分けて前半と後半――『白百合女学院編《しらゆりじょがくいん》』と『晴れの国ダグリオ編』の二部構成。

白百合女学院編は、前巻で激闘《げきとう》を繰《く》り広げたイドラ・氷王学院《ひょうおうがくいん》のシドー＆カインが登場！　内容も和気あいあいとした、楽しいものになっておりました。

その一方、晴れの国ダグリオ編は、バッチバチの大戦闘《だいせんとう》の連続！　特にレインとの一戦は、かつてないほどの激闘でした！

前後半二部構成となった第五巻、中々に内容の凝縮《ぎょうしゅく》された一冊だったのではないかと思っております。

読者のみなさまにおかれましては、少しでも楽しんでいただけたなら、とても嬉《うれ》しく思います。

そして第六巻は『クリスマス編』や『魔族編《まぞく》』などなど、かなり濃密《のうみつ》な内容が収録される予定です！（現在、原稿《げんこう》作業中！）

こちらの発売日は四か月後――来年の2月20日を予定しております！

そしてなんと一億年ボタンの記念すべき『漫画版《まんが》の第一巻』が、約10日後の10月26日に発売予定となっております！　アレンがリアがローズが、漫画となって動きます！　私も制作に協力させていただいており、漫画版の巻末にはアレン・リア・ローズなどが登場する『スペシャルなSS』が『三本』も付いております！

もしよろしければ、ぜひこちらもチェックしてみてください！

それでは、謝辞に移らせていただきます。

イラストレーターのもきゅ様・担当編集者様・校正者様、そして本書の制作に力を貸していただいた関係者のみなさま――ありがとうございます。

そして何より――こうして一億年ボタン第五巻を手に取っていただいた読者のみなさま、本当にありがとうございます。

それではまた四か月後、2月20日発売予定の第六巻でお会いしましょう。

月島　秀一

富士見ファンタジア文庫

一億年《いちおくねん》ボタンを連打《れんだ》した俺《おれ》は、気付《きづ》いたら最強《さいきょう》になっていた5

～落第剣士《らくだいけんし》の学院《がくいん》無双《むそう》～

令和２年10月20日　初版発行

著者——月島秀一《つきしましゅういち》

発行者——青柳昌行

発　行——株式会社KADOKAWA

〒102-8177

東京都千代田区富士見2-13-3

0570-002-301（ナビダイヤル）

印刷所——株式会社暁印刷

製本所——株式会社ビルディング・ブックセンター

※定価はカバーに表示してあります。

●お問い合わせ

https://www.kadokawa.co.jp/（「お問い合わせ」へお進みください）

※内容によっては、お答えできない場合があります。

※サポートは日本国内のみとさせていただきます。

※Japanese text only

ISBN978-4-04-073813-0 C0193

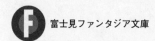

切り拓け！キミだけの王道
ファンタジア大賞
原稿募集中！
賞金
《大賞》300万円
《金賞》50万円
《銀賞》30万円
選考委員
細音啓 「キミと僕の最後の戦場、あるいは世界が始まる聖戦」
橘公司 「デート・ア・ライブ」
羊太郎 「ロクでなし魔術講師と禁忌教典《アカシックレコード》」
ファンタジア文庫編集長
前期締切 8月末日
後期締切 2月末日
公式サイトはこちら！ https://www.fantasiataisho.com/
イラスト／つなこ、猫鍋蒼、三嶋くろね